凌翔　主编　　当代作家精品·散文卷

何其有幸，
遇见你

曾于佳　著

北京出版集团
北京出版社

图书在版编目（CIP）数据

何其有幸，遇见你 / 曾于佳著；凌翔主编 . — 北京：北京出版社，2023.2
（当代作家精品 . 散文卷）
ISBN 978-7-200-17833-3

Ⅰ.①何… Ⅱ.①曾… ②凌… Ⅲ.①散文集—中国—当代 Ⅳ.① I267

中国国家版本馆 CIP 数据核字（2023）第 034027 号

当代作家精品・散文卷
何其有幸，遇见你
HEQI YOUXING, YUJIAN NI

曾于佳　著
凌翔　主编

出　版	北京出版集团
	北京出版社
地　址	北京北三环中路 6 号
邮　编	100120
网　址	www.bph.com.cn
发　行	北京出版集团
印　刷	三河市中晟雅豪印务有限公司
经　销	新华书店
开　本	710 毫米 ×1000 毫米　1/16
印　张	13
字　数	187 千字
版　次	2023 年 2 月第 1 版
印　次	2023 年 2 月第 1 次印刷
书　号	ISBN 978-7-200-17833-3
定　价	59.80 元

如有印装质量问题，由本社负责调换
质量监督电话　010-58572393

目　录

第一辑　回眸，故里

母亲河　002
远去的水井　005
故乡的自然　007
故里的冰糖葫芦　010
深院里的黑白电视　014
看大戏　017
领略福州　021
住在心里的邻居　024
黑皮的小半生　027
薄信拾光　031
心底那一抹暖色　035
与文字结缘　038
草色之美　041
一把柴的记忆　046
我家的年味儿　049
和谐之歌　052

第二辑　眉眼里，都是你

时光老去，情未散　056
父亲的衣服　059
龙眼里的爱　062

母亲的微笑　065
父亲丢失的梦想　068
母亲的爱　071
父亲与书　074
父亲的假牙　077
空心菜空，姥爷爱实　079
听母亲讲那过去的事　082
月光　084
厉害了，我的国　090

第三辑　远方，轮回

冰的形状，风知道　094
蓝精灵，你好吗　097
公交车　101
梧桐树　104
他的生活之道　107
初秋的记忆，五星花　111
妇人的春天　114
旧物　118
星光下的追梦人　121
一处风景皆禅意　123
一起去看雪　125
奔跑的"善良"　127
嗜雨　130
化作一朵莲　133

声音　135
婚礼是场"书宴"　138
悬铃花开　140

第四辑　百味，流光

生活的艺术　144
活成烟花　148
冬之雪　151
老去，亦是一种缘　154
炽热的爱　156
我眼里的"日常"　158
愿望仙子　162
花开见佛　164
红　168
也谈吃　172
追光者　175
心中那一缕光　178
沉默的爱　181
惜福　184
凡是皆空　186
心中最美的花　189
放手才是爱　192
如你所是　195

第一辑 回眸，故里

母亲河

　　福建，属沿海地带，海域辽阔，岛屿众多。而我的老家坐落在福州一个县城的小村落里，县城有条娟秀的河流叫罗源湾。

　　从我家沿着河流方向步行二里路，湍湍激流卷起叠叠的浪花一下子跃入眼帘。正如孔子所言：逝者如斯夫，不舍昼夜。寒冬、暖春、盛夏、凉秋，都是它生命的见证……能望见上有黄鹂深树鸣，春潮带雨晚来急的河岸景致，也总能看到芳原绿野恣行事，春入遥山碧四围的盛景。

　　这都是二十几年前的事了。

　　盛夏的一个傍晚，母亲怀里揽着一个圆形木桶，木桶里塞满将要洗的衣物。母亲让我提着一个红色的塑料小水桶，我将它挎在臂弯处，大步往前走。影子在前方拉得很长很长，身影也变化出种种诡异相。小河淌水哗哗，捧起一捧清涟，一饮而尽，甚觉清凉。途经寥寥几户人家，再绕过密密匝匝的竹林，翠绿、墨绿、嫩绿、油绿，满眼满眼的绿。

　　穿过竹林，便见一条鹅卵石铺就的斜坡小路。下沿是河流，河流就在竹林的拐角处。河道不是很宽，但往左望不见源头，向右瞭望不到尽头。那也罢，顺着河流，可以看见立着两个大桥墩，桥墩足有三层楼高。这桥的左面，还有一座小桥，桥面狭小，桥墩仅有八米，底下水流湍急，数个桥墩将原本宽阔波澜的河流截成了数段，但水流却依旧毫不畏惧地透过缝隙往前翻涌。每次从这座小桥走过，都会战战兢兢。母亲说：这边之所以水流小，是因为上方的水被拦截，水只能绕过层层岩石，漫过各种水中植被缓缓而下。

立志如山，山以坚韧；行道如水，水以曲达。

母亲在河岸边洗衣，衣服落入水里浸湿，放置在光滑的岩面上。衣袖轻垂，肆意漂浮于水面，母亲用小木槌拍打着衣服。那些喜欢凑热闹的姑娘，将娟美的秀发落入水中，习惯用河水洗头。亲不够故乡河……

我们这些小孩儿撸起袖子，撩起裤管，踮着脚丫，深一脚浅一脚地步入水中，俯身捧起一掌水泼洒向对岸的小伙伴，任水花四溅，透明的水花，好似在空中飞舞，久久才跃入水中。水成珠，颗颗晶莹，打在洗衣人的衣肩。玩累了，我们就开始捉蝌蚪、抓鱼儿、逮螃蟹……在大人们的叫唤声中，我们才恋恋不舍地离开。

我将手伸进水里，鱼儿们好似听到了讯息，灵活地摆动着鱼尾迅敏地窜入别处。几个人锁定目标，几个人负责捞鱼。恰如童谣里唱的：一网不捞鱼，二网不捞鱼，三网捞了一条大鱼。

这条河有可爱的一面，也有不讨俏的一面。

年少时，每次台风来袭，河水会漫入村落，立在土地上的房屋仿佛都成了座座小岛，形单影只地伫立在水面上。风携着水，硬是不敲门就从门缝溜了进去。

待我被母亲唤醒后，水已没上半个床榻，母亲每走一步，脚步如桨，需和水流逆着方向费力地前进，才能来到床边，将我抱起。

那时我还小，为了找个安全的地方，母亲将我抱到家上沿的伯母家，因为她家地势高，水不易流入这森严之地。台风的三更天，温度如寒冬。我裹着大棉袄，看着大家打着灯，而穿着连体雨衣的壮汉在雨里穿梭。

婶婶屋旁的仓房圈养的猪，也都得转移。在我儿时的记忆里，台风是一只凶猛猖狂的怪兽。

　　随着经济的发展，后来许多经商的人在河道的上游建起石材厂，每日排出的浊白废渣流入原本清澈的河流……

　　小时候，母亲常常和我说起水中捞月的故事。我知道那只是一个美丽的传说，月入河中，最终只会糊成一团；那时黄昏时分看见一辆洒水车停在河道的上游，汲取其中的水。我现在常常怀念故乡，怀念那条河，念想着能再喝一次甘甜的琼汁。别离故乡这么多年，我常常梦到那一汪清泉，梦到那纯净的河。

　　唯有记忆渐暖，思念渐浓，亲爱的母亲河，你可好？可好？

远去的水井

　　故乡从什么时候开始热闹，应该是从一口口水井的咕噜声开始的。"古者穿地取水，以瓶引汲，谓之为井。"

　　我凝视着那口早已被遗忘在岁月中的水井，它曾经撑起村庄的一片天。阳光参差斑驳落入井中，我俯身望见井水泛起涟漪，隐约间，似看到了幼时的自己和姥姥的影子，那时的姥姥正将水一担一担地挑回来……

　　我童年大部分时光都是在姥姥家度过的。

　　从姥姥家的柴扉走出，下坡至街角，拐个弯就能看见沿街的那口幽深的老水井。姥姥说这口井在姥姥还没出生时就有了，是太姥姥那代人为了吃水，在村子中间挖的这口井，方便村里几百户人家。

　　水井坐落在路边，有十米多深。井口处砌了半人高的井筒，呈圆柱形，上面雕龙画凤，但在岁月的侵蚀下，已有些模糊了。水井的左侧，是一排石头砌成的洗衣台。

　　井水和河水自然不同，井水是聚拢着的，吸收天地精华。姥姥挑水时，我跟在她的身后，帮姥姥提个小桶，桶里的水明晃晃的，还装着一弯新月哩。

　　一天到晚井边是最热闹的，有人用扁担挑着水桶，水桶有节奏地上下摇摆。装满水的桶沉甸甸的，村民的肩膀下沉着，背弓着。走得快了，水就调皮地从桶里跳出来，沿路溢出一条长长的水迹。

水井旁是一户有三层高楼房的人家，还有一圈森严的围墙，在那儿待得久了，也只见过那户人家出来打过几回水。姥姥说他们是大户人家，自家有水井，方便极了。

随着日子的渐好，有的人家装起了自来水。停水时，可以瞧见那些家里有自来水的人提着水桶排着长队来井边担水。水井咕噜咕噜冒着泡，似在欢迎着大伙儿的到来。

那位四十来岁的女人，面容清秀，似鹅蛋的脸颊两边遮盖着厚厚的水粉，一抹朱红点染薄唇，浓淡相宜，真可谓笑捻花枝比较春。她着修身靛青色丝绸旗袍，提着水桶，水桶弧形的把手处系着长长的麻绳。只见她手里举起水桶，"扑通"一声，水桶便径直地落入井中，自由自在地浮在水面，通过不停地晃动麻绳，水桶随着麻绳左右摇晃了几下，而后即可蓄满清水。

一口古老的井，盛着天地最朴实的清凉。

随着生活条件日趋改善，马路也随之铺上水泥，整条路瞬间变宽阔了。而那口挑水井也装上了压水机，把压水机中的管子置于井中，要打水的时候，先给压水机的压头喂点水，用手将杠杆轻轻一压，水就咕噜咕噜地被汲了上来。

如今家家户户都接上了自来水，而它却成了一口无人问津的水井。现在喝水轻而易举，什么纯净水、矿泉水，应有尽有，但总觉得缺少了点什么，仍想念当时费劲打水的日子。

社会发展的脚步飞速猛进，日益变化的家乡，变得亲切而又陌生，当我用手触摸它的时候，我才知道一半留在记忆，一半留在现在！

故乡的自然

寒假的一天，我回到故乡，暂时离开了由钢筋、水泥铸就的"森林"，终于可以大口大口地呼吸来自故乡的气息，自在而惬意。安恬的村落、寂静的巷口、灰黑色的树、光秃秃的梧桐，树枝上零星缀着几片树叶，也萌出新绿，不知名的鸟儿在枝头欢快地歌唱。而我的心雀跃着：终于回来了。

姥姥走后，我鲜少回故乡。县城也是故乡，但不是真正意义上的故乡。于我而言，与自然亲密对话的，才是故乡。

赫拉克利特说："自然喜欢躲藏起来。"正因自然，害了相思。一眼倾心，再一眼倾情，最后无法自拔。但值得庆幸的是，在我的故乡，自然的味道还是有迹可循。

次日，公鸡的打鸣声唤醒了熟睡中的我，推开半闭的窗，暖暖的阳光，映照在我的脸上。冬日的阳光温柔、腼腆、温厚得恰如其分。

而此番闲逛，孑然一身，全部心思都交付给自然吧，贴近自然，寻找自然的踪迹。更无须为服饰、体态、装扮踌躇。白居易曾言："逢春不游乐，但恐是痴人。"在这里，纵然不是春，又有何妨？沁人心脾的微凉寒意，呼出的热气与空气里的冷气相交呼应，如自由舞蹈的薄云，在我面前自如地演出，好不害臊，好生逍遥。

几年前，我的家迁到城里，终日为工作奔命，抬头一片灰蒙蒙的"天"，我们脚踩的"大地"是别人的天花板。辗转于每个清晨里，行色匆匆的上班族手里提着、摇曳着街边摊贩卖的豆浆、油条、包子，湛蓝的天、路旁打盹儿的狗、焦急等候在站台上的陌生人……只有豆浆、油条、包子能一览无余地瞥见。

冬日的风，干燥且清冷。冬日的阳光，是澄静的。这里的春似乎来得比别处更早些，虽是寒冬时节，却草长莺飞，原野上一片翠绿，好似一张绿得发亮的大毛毯，可以承载我们所有的情绪。鸟鸣声此起彼伏，鸟儿们争先恐后地唱着、飞着，像赶集似的，你不让我，我不让你。

"来追我啊……"几个孩童在前方一面跑着，一面频频回头。沿路点缀的，尽是他们明亮的眼睛和笑脸，只见一个孩子张着嘴，喘着粗气，兴许是换牙期，上颚露出半截牙齿，搭配红通通的小圆脸，可爱极了。我取下颈间的围巾铺在草地上，摆上各种零食，顺手拿起一瓶贝奇野菜汁，似乎喝出了源自大自然的野菜味儿，颈根和胸膛忽然感到充实，能有幸亲密汲取这暖阳和空气，内心柔软澄澈，甚是妙哉！

陡然想起，今天是立春节气，冬末春初。而乡村的春天，蔓延了四季。满城无处不飞花。春是温顺的，而自然是妩媚多姿的。

三年前的五月。我和小伙伴乘渡船前往崙山岛露营。崙山岛连绵的山峦，山越高，风越凉，而帐篷便安扎在山顶上的一片凹进去的绿窝里。夜晚时分，我们裹着颇厚的毛毯，径直打开帐篷顶部，露出一道微微小口，眼中尽是星辰满夜空。如若此般还没有过足瘾，有甚者会把脑袋和手臂挪出帐篷，满身子仰躺于帐篷中，舒适地仰着面，仿佛和星星们打电话、聊天，举起手臂，像是在与皎洁灵动的月牙握手，天空低得像压弯了枝头的花，似乎伸手就可以把月亮摘下来。

"快看，好多星星。"我雀跃着。

凌晨五点，我钻出帐篷，迎面行欢迎仪式的，正是这山间从远山穿林而携带清幽花香的风。

"哇——日出，它露出半个脸了。"小伙伴兴奋地惊呼道。

把心安然地放置在自然之中，曼妙的自然淡定自若地陪着你。记得日本北海道——登别温泉第一泷本馆。露天温泉，零下三十几摄氏度，头顶雪花，温泉池里冒出热气。肌肤与自然，如此贴合。冷或暖。真实而真切，不掺杂丝毫虚假。好似一个赤身裸体的小孩迎着风在山林中奔跑，风、雨、光都自然而然，没有隔着衣裳传递温度，而是直击心府。但可能是在特定环境才有特有的情绪吧。

一看时间，已是饭点，思绪才慢慢飘荡回来，慢腾腾地朝家的方向走去。反正我已饱腹，无碍。到家，俯身脱鞋时，只见庭前犄角处蚂蚁整齐划一地前行着，黑色的小蚂蚁带领着它们，雄赳赳、气昂昂地一字前行。想必是发现了一粒肥硕的大米吧。

自然是一部伟大的书，歌德说，在它每一页的字句里，我们读得最深奥的消息。万物皆有灵，城里有四季，但我确真只感知到一季：萧瑟的秋。乡村无论哪一时令，都无碍，都秀美宜人。因为相思，所以思考；因为思考，所以感受时光与当下，自然让我知道"今"最美。诗和远方，都是自然的馈赠。

返城时，携一壶自酿酤，待城中，害相思，醉把故乡仔细看，更甚者，随着不可治愈断肠的思念，无尽的念想蔓延……

故里的冰糖葫芦

　　青山漫漫青翠滴，一抹胭脂映天红。
　　摘得几缕酸甜意，再品儿时嬉闹间。

　　自打记事起，我的童年里满是冰糖葫芦。儿时的我，看着缠绕着麦秸的"狼牙棒"上插满了一串串冰糖葫芦，就一个劲儿地咽口水。一颗颗山楂圆滚滚红彤彤，身上穿了一层透明的糖衣，显得越加红艳，山楂又将糖衣映得更加透亮，更加晶莹。它们精神饱满地站立在竹签上，远远地望去，像极了一双双惹人怜的眼眸。

　　村里，有一位卖冰糖葫芦的人，沿袭祖辈的手艺，做出来的冰糖葫芦甜而不腻，价格也公道。我七八岁的时候，他刚而立之年，高高的身材，古铜色的脸上嵌着一双炯炯有神的眼睛，消瘦而蜡黄的脸上布满皱纹，青筋隆起的双手长满了硬生生的老茧，看上去远比实际年龄要大很多。

　　他卖冰糖葫芦已有十多个年头了。冬日的脚步临近了，年的味道越来越浓烈。每逢过年，父母便会去集市采买年货，而过年也确实可以品尝到平日里鲜少吃到的丰富菜肴，猪蹄、煎海蛎饼、炖鸡汤等，但总觉得少了些什么。这时候窗外传来连连的叫卖声，"卖——冰糖葫芦，卖——冰糖葫芦。"我和哥哥闻声跑到门口，眼睛巴望着单车上架着的冰糖葫芦。一根一人多高的竹竿绑在单车的大梁一侧，竹竿上头，是用麦秸捆扎包裹厚厚一圈的棒子，而冰糖葫芦整齐有序地插在麦秸上。

卖冰糖葫芦的叔叔和我们对视了片刻，将车停了下来。好想把所有的冰糖葫芦都囊入怀中。我呼唤哥哥赶忙回屋，从抽屉里取出我的所有零用钱。

只见那人笑脸相迎，眼睛笑得眯成一条缝。选哪串，自个儿挑。他温和地说道。我把零钱一张张排在地上，数一数够买几串冰糖葫芦。一角，两角……

只许买两串，你想买几串？哥哥轻声问我。

我嘟囔着，掰着手指头数：四串，我、哥哥、母亲、父亲。

街道上，人来人往，新年，穿新衣，戴新帽。卖冰糖葫芦的叔叔俯身，双腿微微弯曲：我和你石头剪刀布，三局两胜，如果你赢了就免费送你吃。我拉着哥哥前来助力，第一局：我石头，他布；第二局：我剪刀，他布；第三局：我剪刀，他石头。结果却是不尽如人意，我只赢了一局，这样非但赢不到冰糖葫芦，还得倒贴一元，落得扫兴而归。

他接过钱，递给我两串。许是看出了我的小失落，他揉了揉我的脑袋说：前面三局不算，我比你年长，你第一次玩这个游戏，还不熟悉规则，叔叔不能欺负小孩儿，我们再来一次吧。他笑得露出几颗皓白的牙齿，在古铜色的脸庞下，尤为明显。

后来，三局我大获全胜。左手两串，右手三串。叔叔黝黑的手背宽大而厚，冰糖葫芦在他的手里那么红、那么艳，与他黝黑的手背交相辉映。

一定就是这布满老茧的双手制作出这么美味的冰糖葫芦的吧。

哥哥紧跟其后，我分给父亲、母亲，不料母亲瞪大眼睛，刹那间眼神又泛起温柔的光。"你们拿去分给邻居家的小伙伴，少吃点，会长蛀牙。"许是过年，母亲不舍得责骂我们，无论我们怎样捣蛋，都可以用吃的堵住我们说不完话的嘴。一张嘴就是要说"新年快乐，大吉大利"之类的讨喜的话。

但我舍不得分给他们，只分给哥哥，剩下的两串，我赶忙将它们插进空瓶罐里，露出的部分自然是酸甜可口的山楂，放置在阴凉处。晚上明月去照耀另一个黑暗的世界时，我便把冰糖葫芦放置在窗台，开着窗，室外温度低，糖衣不易融化。那段日子，我哪儿也不去，就静静看着它，想吃的时候伸出舌尖舔几口，解解馋。

长大了点，我便想着，这么好吃的冰糖葫芦到底是怎么制作的，酸酸甜甜，让人垂涎三尺。从母亲口中得知，他家祖传三代都是制作冰糖葫芦的。从少卖到老，从老卖到少。

说起冰糖葫芦，有一段悠远的历史。相传，南宋一位皇帝最宠溺的妃子生病了，御医们束手无策。后来听闻有个江湖郎中医术高超，便请进宫为娘娘诊脉。郎中告知用冰糖和山楂果熬煮后，每顿饭前吃七八颗，过几天便能痊愈。起初大家对这个江湖郎中所言半信半疑，但是娘娘吃了几顿后，奇迹般地好了。再后来这种做法在民间传开了，成了老百姓茶余饭后的一种零食，而摊贩们觉得一个个零散着卖起来麻烦，便将它们穿起来卖。

"儿时梦里呓常临，终解相思诉慕歆。二载知音唯此物，晶红一串映丹心。"忆不起这是哪位诗人所抒，但一串丹心的酸甜之感早已落入我心。

而他家的冰糖葫芦，都是他家里人亲自上山采新鲜的山楂，挑出新鲜饱满、大小差不多的，洗干净，去蒂去核，然后将两半合上，用竹签穿起来。然后熬糖，等糖冒出了细小密泡，就可以把穿好的山楂蘸着熬好的热糖泛起的泡沫轻轻转动，那样就能在山楂上裹上薄薄的一层糖衣，最后放凉。做好后，他们会将所有的糖葫芦拿来对比，成功的冰糖葫芦，裹着薄薄而均匀的一层糖衣，咬起来嘎嘣脆，完全不粘牙，看起来就很可口。而不好的，就得重新弄。听母亲说完，我一阵头大，原来好吃的冰糖葫芦做起来居然这么麻烦,便打消了自己动手的冲动。

去年大年初二,我同母亲一起回老家,走走亲戚,串串门。回到村里,炊烟袅袅盘旋在上空。屋檐上笼罩着蒙蒙的烟雾,耳畔传来熟悉的叫卖声:"卖冰糖葫芦了——卖冰糖葫芦了!"声音渐渐近了,在错落有致的街头巷尾他骑着二十世纪六十年代有后座的单车,单车车杠上架着冰糖葫芦。他面容憔悴,但眼神里闪过一丝坚定的清光。他在我斜对街的拐角处停下,背对着我,俯身,弯腰和一个孩童玩石头剪刀布。孩童伸手变成一把剪刀,藏在背后的黝黑而宽大的手晃晃悠悠地伸出个大掌心。

"哇,好厉害,你赢了……"他继续说,"想要哪一串?"

孩童踮起脚尖,小小的手臂伸长了,指着一串:"这一串。"

"这不卫生,回家!"孩子的父亲凶狠狠地拉起孩子。

孩童因惊恐抖落了手里的冰糖葫芦。

孩童七八岁的光景,是我的老邻居。三四年前,那时她家拮据,生活捉襟见肘。街上不时地传来叫卖声,她却只能眼巴巴地在家门前望着。

后来她父亲出门做生意,赚了很多钱,回老家把房子砌成四层高楼。

他停下单车,俯身拾起冰糖葫芦……

我的眼里微微泛起潮润。

尘封的记忆被打开一个缺口,曾经的石头剪刀布,只不过是一个由头罢了。他深爱着这座古老的小村落,它看着他成长,他又看着我们长大,伴我们走过童年的路。

如今的人们都忙着奔命,唯留这座静谧的村落,依然故我,不慌不忙,不疾不徐,像极了十年如一日卖冰糖葫芦的他,脸上表情依旧平静,并不着急,好像要把村落的古老时光雕刻成清淡的油画……

后来的日子里,我时常在梦中遇见他,一如往常,一辆经久不衰的单车,一个迎风走街串巷的他,伴随着"冰糖葫芦"的叫卖声,一声一声……

深院里的黑白电视

童年里看过的好剧：《还珠格格》《新白娘子传奇》《神雕侠侣》《天龙八部》《西游记》等，都是我从黑白电视里寻来，以消磨时光的。钟嗣成曲："当时事，仔细思，细思量不似当时。"如今寻不到"当时"的味道了。

母亲刚嫁给父亲那会儿，住在黄土房里。后来家里经济稍宽裕了些，我们家自建了一座水泥房，那时我还小，七岁左右。那个年代，电视尚少，父亲咬了咬牙，购了一台黑白电视，算是为新家增添家具。十一寸的黑白电视也有了属于它的位置——卧室，紧靠着床边。电视的显示屏向外凸出，屏幕厚而窄，右上方有七个长方形黑色按键——一共仅有七个频道。电视顶上竖着一根自如伸缩的天线。

忽然想起歌谣"小白小白上楼梯，打开电视机，拉拉小天线……"我想这大概说的就是二十世纪九十年代的黑白电视吧。

那时，夏夜，飘落的杨花似白毡，嫩荷如青钱层叠，蛙声片片。晚八点，电视上准时播放《还珠格格》。经烈日的炙烤，屋内尚未退去余热，为凉意不绝，故敞窗。"尔康，山无棱，天地合，才敢与君绝……"剧中的紫薇，柔弱传神。

邻家的伙伴们纷纷跑来我家，也没多问就围坐在地板上，中间腾出空来，任由电视去演绎它独属的精彩。我翻出家中美味的零食，豆干、花生米、地瓜干、西瓜泡泡糖等，一边欢快地吃着零嘴，一边专心地看着听着，好不快活。

当看到精彩绝伦处，我们屏息凝神，连握在手里的零食都迟迟没有动静。只见小伙伴的手自然地搭在我的肩膀，"尔琪怎么还没找到小燕子，小燕子还在楼上吃窝窝头呢。"她继续说道，"着急死了。"我的肩膀被她用不恰当的力度捏疼了，我"啊"的一声，电视正巧放映广告了，大伙异口同声："哎……"小伙伴一下子松开手，肩膀如释重负。

广告结束，立马高潮迭起，大伙儿屁股都开始往前挪，好似自己可以改变剧情，扭转乾坤。

"大家都往后坐点，太近眼睛会近视。"母亲将电风扇转往窗外，大伙儿一溜烟地往后坐，这时母亲才将风扇正对着我们送风。风扇是铁制成的，厚重的底座托起同样厚重的扇叶。

八点左右，大伙儿已经在我家门前等候。母亲见状，怂恿父亲将电视搬到厅堂，这样可以容纳更多的人。电视换了一个位置，长辈们也来了，人虽然不多。诸多是和我年龄相仿的孩童，看电视的时候，长辈们通常是站在我们后面，精彩处，长辈们也只是交头接耳，并无大动作。

后来，母亲婚戒不见踪影，她嚷嚷着，不再允许别人来家里看电视了，人心难防啊。那晚，母亲急忙关了电视，熄了灯，催我和哥哥回屋写作业。

暮色苍茫之时，月亮悄然爬上树梢，月光落在我家的窗台，明朗的光，稀疏的风，夏日的晚风最真实，清凉就是清凉，不带一丝虚假。蛙声好似白天彩排好，夜晚深一片，浅一片，不绝于耳。我竖起耳朵听它们演奏合唱，心里却颇为不平静。电视剧应该开播了，到什么环节了，后来紫薇遇见皇帝又如何了？我托着腮帮，心中的疑问全交付给池塘里的蛙们。家门前静极了，一个人也没有。只有徐徐的清风和不请自来的明月……

次日，母亲不知为何，临时决定把电视机挪到家门前的空地上，将插座也牵了出去。电视机放置在两把同等高度的椅子中央。天晴的夜晚，左邻右舍纷纷围坐在电视机前，有的等候，更甚者端晚饭出来，边扒拉饭边聊天。大家拿出自家可口的零食，猪肉脯、豆干、山楂……

准点开始了，好像阔大银幕上放映着电影。电视机上的天线突然接收不到信号，邻家叔叔放下碗筷，径直跑到电视机后面，两只手臂将天线高高地向上撑起，还时不时踮起脚尖，嘴里不停地追问前方正饶有兴趣观看电视节目的人们："可以了吗？可以了吗？"当节目自然流畅播放时，大伙儿的注意力都在电视上，默契地没有发出任何声响，似乎忘记了电视机背后还有人。叔叔见大家全神贯注，以为修好了天线，便把略微酸胀的手臂垂放下来，不料天线只是轻轻摇晃了几下，便传来一阵此起彼伏的喧嚷声："哎哟，又变雪花（雪花是电视屏幕密密匝匝的小黑点，进入无信号的状态）了。"

叔叔索性纹丝不动，侧耳倾听情节发展。邻家小女孩乖巧地跨坐在她母亲腿上，手里捻着一个金戒指。瞧见母亲时，小女孩蹦着跳着过来，奶声奶气地说："阿姨，这个不好吃，没有大白兔奶糖好吃，还给你。"母亲接过戒指，莞尔一笑。我似乎听不见阵阵蛙声，听不见山野松林落叶簌簌声，只听见一堆的笑，一簇又一簇的语……

我看见母亲从屋里端出一大盆花生米……

看大戏

打从我能记事起,我就对唱大戏保持着深厚的情愫。

小时候,每逢有大戏开台的时节,街面上都会先展开一幅幅动人的热闹画面。

街上有人敲着锣,此起彼伏,只要敲锣的人口不干涩,锣声不停歇,吆喝声就不会停歇。通常都是吆喝着:几点几分出大戏。

一般是晚饭时分,门口便会响起敲锣声。我闻声立刻放下手里的事情,站起来冲到门口,一探究竟。待我追出门时,敲锣的人却早已不见踪影。但锣声还在缭绕,不停地牵引着我的心。我匆忙趿双拖鞋,打算跟随他,逛着街,那时觉得无比荣耀。还没走两步,母亲就唤我回去,我耷拉着脑袋,悻悻地回家。

"戏台在搭了。"

"我今天看见几个戏子在试唱。"

我的心思早已不在吃饭上,一心只想着敲锣的人何时再出现。母亲说:"今年的戏是唱给天地听的……"我根本没有闲情听母亲的详细解说。我沿街捕捉到的支离破碎的话语都比母亲的解说来得更加振奋人心。

饭还未扒拉几口,耳边又传来锣声和吆喝声:明晚七点整开戏。

我猛地抬起头,推开椅子,将头伸出窗外。我看见了,看得真切了。一位和我年龄相仿的男孩,皮肤黝黑,穿着白色短袖,灰色亚麻短裤,一双黑色凉鞋。他仰着头,挺直背,敲着锣,笑容满面地吆喝着,黄昏的橘黄色的光晕落在小男孩身上,小男孩往前走,我一直以为他是走在夕阳里,那样光芒四射,那样孤高气傲。

我心里惦念着"明晚七点整开戏"。

家乡唱戏的时候,通常是分时令的,春夏秋冬,敬畏自然;每逢菩萨活佛等生辰时,也得有大戏来恭贺;每逢过年时,唱大戏的场面最隆重,每家每户,都趁着过年聚到一起,通常祖孙几代人都会来看大戏。

而当晚的大戏是因为干旱许久,唱出大戏给天地,祈求降雨。

大戏是在庙宇里唱,一个半弧形的戏台面向一尊尊庙宇里供奉着的菩萨。而看戏的人则搬来庙宇里的长长的板凳,摆成十几排,从戏台前一直排至神龛的香炉前两米。神龛相对整个庙宇地势来说,属于略高的位置,从戏台到神龛呈上坡状。看戏的人不论坐在哪边,都能清晰看到戏台上的表演。戏台二楼左右两边是看台,一幕戏完结时,拉上帷幕,就连同两边的看台都遮住了。

祖父喜欢坐第二排,而我喜欢跑去二楼的看台看戏,无所谓左边右边。我曾因座位埋怨过祖父,我说伸长脖子好似长颈鹿,又丑又可笑,祖父脸上总是挂着笑容,摸摸我的脑袋,说底下可以看到戏台的全貌。

祖父生怕把我弄丢了,就把我拴在身边。目之所及,都是祖父那样年纪的人,全神贯注。庙宇外边一排的摊点,吃的玩的,种类丰富极了,有冰淇淋、光饼、糖果、麦芽糖、气球……听着外头叫卖声连连,我如坐针毡。祖父瞧见我无心看戏,并没有着急搭理我。我只见台上红的进去,绿的出来,特别是一女角唇若樱桃,巧笑倩兮,美目流盼,好生吸引人,但唱得最烦琐,咿咿呀呀个不停。心想,看戏可真枯燥。这时拉上帷幕,一幕戏终于完结。祖父拄着拐杖,缓缓起身。"走,带你买好吃的。"闻言,我笑着跳了起来。

祖父环顾四周，但迟迟没有动静。心想该不会忽悠我吧。祖父找到第一排熟识的人，交代帮忙照看座位一小会儿。那老爷爷旁边也坐着一个小孩，他笑脸盈盈地答应了。祖父领我去摊点上挑选自己喜欢的东西，但是规定只能挑选两样，我看着五花八门的零食，都想囊入怀中，我踌躇着，最后，我怀抱一袋爆米花，手里举着一支冰淇淋。祖父关切地问我小孩是否都爱爆米花。我一脸得意，当然了，不爱的是傻子。

回到座位时，祖父递一袋爆米花给帮我们照看座位的人，并说给他的孙子解解馋，那位老爷爷笑着连连说了好几声"谢谢"。

祖父问我大戏的名字，我一面不住地往嘴里送吃的，一面寻宝似的四处张望，下意识地摆摆手，摇摇头。忽然听到背后有熟悉的声音呼唤我："佳，我们去二楼的看台吧……"我转过身，仔细辨别时，呼唤声早已淹没在人潮里。我回过身，小伙伴突然蹿到我面前，半蹲着，指着戏台上的看台，小声地说："一起去吧……"我抬起头，两眼紧紧地盯着祖父，祖父嘴角露出慈爱的笑容，点点头。我顺手抓了两把爆米花，递给了小伙伴。我们挤进人群里，就连通往看台的楼梯口也挤满了人。

我迷惘不已，难道楼梯口还能看大戏？小伙伴牵着我的手，灵活地挤入挨肩迭背的人群中，但不一会儿工夫，我却被熙熙攘攘的人群挤开了。

当我被人潮推进后台一间化妆室时，一张凌乱的桌子映入眼帘：胭脂、水粉、腮红、眼线笔、眉笔等，随意地散放在桌面上。化妆室内，有的演员在盘发；有的演员正手忙脚乱地脱下战袍，套上布衣的衣裳；有的演员正在聊天……当我擤了擤发痒的鼻子，眼角余光瞥见一位和我身高差不多的男孩，清秀的眉目，翩然的模样，缄默的嘴角隐隐有一丝笑意。化妆师在他腮边施红粉时，却见他的眸中泛起一抹温柔。我发觉自己脸颊热热的，不知是空间狭小闷热的，还是遇见了同我年龄相仿的俊朗少年。而他两颊绯红，黑色的眸子闪着晶莹，头上戴着一顶黑色皂隶帽，看不见原本的发型。

我装成深沉得不得了的样子，目不转睛地注视着他，默不作声，一会儿又瞥向别处，当他的目光不经意间与我对视时，我便低下头来，手紧拽着衣襟。

"蓦地一相逢，心事眼波难定。"他在各色胭脂中涂染成另一个角色，但仰慕之情从此而生，一发而不可遏制了。

当他出场时，我惶急无比，提起腿，身体用力挤出混乱嘈杂且闷热的人群，生怕错过他的每一个瞬间。"好好走路，别挤"，身旁传来几声谩骂，或是踩到别人的脚了，我也不管不顾。我飞奔到祖父身旁，一屁股就端坐下来，身板挺得直直的，眼睛紧紧注视着戏台上。

"旁边那位是谁？"

"展昭。"祖父把头转向我，语重心长地说，"怎么突然想认真看戏了？"

"不是，左边第二个，发出'威武——'唱腔的那个。"我紧紧追问道。

祖父告诉我那是衙役，相当于现在的警察。我便想着，小小年纪，便能为民除害了。一如后台的他，站立得如笔直的树干，端然的模样，澄净的眸子，未曾改变过。

小伙伴在二楼的看台呼喊我，我也丝毫不理会。祖父说得没错，底下看戏当真可以看全貌。戏台两边有滚动的电子荧幕——唱戏的唱词。

那晚，戏散，我仍旧神采奕奕。祖父很欣慰，我终是对戏产生了兴趣。我搀扶着祖父，踏出庙宇大门口时，一些早早散戏还未卸装的演员在街摊上拣一张四方桌，拢在一起吃着热腾腾的清汤面，言笑晏晏。蓦然回眸，清秀翩然的他，挨墙坐着，啃着面包，眼神不见澄澈，呆滞地望着天空。

祖父说演员演的角色不同，酬劳也不同。

大戏散去，人群散去，热流也随之逝去，但我却爱上一场大戏，心底喷涌出一股暖流，驱散眼前的寒冷与黑暗。

领略福州

福州，别称榕城，位于福建省东部，闽江下游沿海地区，是福建省省会，海峡西岸重要经济区城市之一，是中国东南沿海重要都市，东部战区陆军机关驻地，也是首批对外开放的沿海城市。

福州老城有四条街，每条街各具特色。有特色的三坊（衣锦坊、文儒坊、光禄坊）七巷（杨桥巷、郎官巷、安民巷、黄巷、塔巷、宫巷、吉庇巷），被建筑界誉为规模庞大的明清古建筑。这里有诸多名人故居，如林觉民故居、冰心故居、严复故居……

三坊七巷地处市中心，东临八一七北路。这里有本市最繁华最宽广的商业大街——东街口，一条烟火气息浓重的都市街区，有酒吧、东百购物中心、琳琅满目的服装店，喧闹的街道如一个伸开双臂的年轻小伙子，充满活力。东街口一直往南步行十五分钟就抵达冠亚广场，这里美食繁多。而我独爱东百中心黄巷边的"奈雪的茶"，一杯鲜红讨俏的霸气草莓，带着茶汤的清香气息，轻握于手，入心扉，未饮心已微醉。

北接杨桥路，林觉民先生故居便在这附近，而这边曾有一座双抛桥。此地流传着一个凄美的传说：有一对情侣如胶似漆，爱得痴心入骨，但相爱却无法相守，便双双投河。"双抛"由此而来。

街两边是一排排居民楼，这里是人口稠密的地方，永辉超市、沃尔玛、陈家生煎、盛世牛排等逐一排列，一路上古建筑与挺拔的商品房错落有致，行至二环，在西洪路上，古今交融，独显另一种风情。沿着西洪路左拐能看到一座洪山桥，底下的闽江缓缓流动着，守护着八方的游子。杨桥东路上有一条达明路美食街，狭长古旧的巷陌，华灯初上，这可是福州第一个官方的夜市，林立的食铺，繁华地段的三点一线。有可口的依眼粉干，焦脆的烧烤，沿街边映入眼帘的是一幢古朴的建筑，门楣上写着的"老福州"显得更有味道。而我喜欢驻足，吃墨鱼丸解馋，咬上一口，油汁顺着嘴角微微溢出，一口到底，汤汁喷涌而出。

　　沿西走过通湖路，骑着单车，风徐徐袭来暖意。衣角扬起又落下，凌乱的头发在空中随意地飘扬，似海草起舞，阳光落下，清影满地。通湖路沿街，一幢幢古色古香的低矮的建筑，商铺檐下人们欢聚，聊着天，吃着瓜子，喝着茶，吹着风，好一番雅致。

　　福州的西湖，不比杭州，但也有"水光潋滟晴方好，山色空蒙雨亦奇。欲把西湖比西子，淡妆浓抹总相宜"的秀美。如果说杭州西湖是大家闺秀，那这里则是小家碧玉。它有独特的味道——新绿清甜，被称为"福建园林明珠"。红霞照暮空，偶坐湖畔，初惊一阵风，湖影全消散，仰面满目绿意，不妨倚榕下，榕树的根须垂下来，树干恣意生长，延伸至湖畔，倒影垂落，鱼儿游弋嬉闹，湖水微微泛起涟漪。

　　每年端午，西湖公园里会照例举行龙舟比赛，锣鼓声声，热闹极了。而到了初秋，则会举办一场声势浩大的菊花展。黄的蕊，白的瓣，红得夺目，绿得耀眼。徜徉花海之中，别有一番趣味在心头。

　　西湖边上林立着各类茶楼、酒吧。夜幕四合时，疏朗的风，霓虹的街，酒吧里驻唱的歌声袅袅，和漾着的湖水相互交融。

　　南达吉庇巷，沿河边是独具特色的一排排悬空着的吊脚楼，仿若临水照花的大家闺秀，沉静温婉。对于它有两个说法，由于这巷子住户从事中药陈皮（橘皮）收购，长期晾晒橘皮而得名"橘皮巷"，后因乔迁，改为"吉庇巷"。还有一种说法，郑性之中状元归来，大家因在他落魄不堪之时凌辱过他，愧不敢见，遂称"急避巷"，明代时称"吉庇巷"，是谐音而改，有庇护安宁之意。

吉庇巷与光禄坊街口，往南行不久，是林则徐纪念馆。

继续南行，可以抵达乌山。一壶浊酒在挎，于乌山上俯瞰美景，感叹人生得意须尽欢。

不得不说，唯美诗意，带着时光慵懒气息的南后街，是"三坊七巷"的中轴。东侧七巷，西侧三坊，全长一千米。这里有古韵十足的刻书坊、裱褙店，浓烈现代风味的星巴克咖啡店……

泡一盏清茶，任茶雾袅袅，透过镂雕的窗户瞥见对面的人家。端然的午后，我们互望着，细闻光阴的味道，静听流年的声息。

满城的绿，在风里，在暖阳里，马路上树影婆娑，街角、巷口……如吟唱《虞美人》那般散漫细腻，若断若丝，绵柔地把人迷入韶光深处。榕树是福州的一个标志，也是欣欣向荣的希望，诠释着一个历史的梦，但我的故土，无论经由多少个岁月，亦都会将焰烈般的火热留在我心底……

住在心里的邻居

去过的地方很多，体验过各地风俗，见识过各地风景。而家，也搬过三回。现在所住的商品房，与前两次相比，更高、更宽敞。钢筋和混凝土构成的巨大建筑，脚下的地板是别人的天花板。其次是平房，整洁的房屋，四扇原木大门。最让我怀念的莫过于老家的黄土屋，那里既有我童年的幸福，也有我童年的快乐。

人们常说：房子的走向，决定了邻居人群的走向。

那时的小屋是温馨的，四周的草是油绿的，一直延伸到我家。而门外的路是呈上坡状的，午饭抑或晚饭时间，邻里陆续从家中出来，大人们一边端着饭碗吃，一边腾出嘴来插上几句话，家长里短，一点儿也不闲着。

那时候，每当邻家婶婶采摘河蕨菜回家后，那敞开的柴门内，便传来锅铲在锅里翻炒的"刺刺"声，顺着这香味儿，脑海里立刻浮现了辣椒炒河蕨菜的佳肴。河蕨菜生长在干净的河道两岸，它一面沾着日月精华，一面沾着河水的湿气。将其切段，入沸油的锅中，炒至墨绿的七分熟，撒点辣椒，微微的辣味配上河蕨菜的鲜、香、滑，真是味道十足。我踮起脚尖，伸长脖子，口水流了一地。她舀起一勺又一勺河蕨菜填满事先切好了一道口子的光饼里，直至溢出，看着塞得满当当的光饼，馋得慌！不知是先咬河蕨菜还是一口将其吞下。

婶婶继续用锅铲将它们舀在白色碟子里，继续做着美食，酥脆的饼和滑嫩的河蕨菜，浓烈的辣椒，溢出的油，全在舌尖搅动，我一口气竟然吃了三个。

菠菠饼——采集鼠耳草，将其切碎制作而成。当春来时，漫山的鼠耳草如缀在绿毯上的鹅黄星光。还有工程浩大的石磨豆腐，都要邻里们齐心协力才能完成。

那时候谁家没有盐，都是可以借的，不用登记入账，根本不计较。谁家的门都敞开着，如遇到闹嘴吵架的，邻居都会纷纷现身，左右劝说，而这种幸福只能停留在记忆中。

第一次搬家，住的是临街的平房，周边商铺里时不时便传来打麻将的声音。后来婶婶养了些鸡和鸭，有时跑到别人家食米，会出现不和谐的声音：鸡屎都送他们家了。婶婶也顾及面子，用大米引诱鸡回家。待母鸡们产下蛋，大家脸上又堆着笑，客气地过来买。其实人和人之间存在宽容和理解，根本不会计较谁的错和对。

婶婶送了几颗蛋给我们，她半开玩笑地说："刚下的蛋在脸上滚动几下，脸上的皮肤就会变得更加细嫩。"我信以为真，还真尝试了，将温热的鸡蛋贴在脸上，十分滑稽。后来婶婶干脆架起鸡栏，鸡不乱活动了，留有一小片空地，便是它们的活动空间。母鸡们负责下蛋，公鸡们负责打鸣。

后来，再也没人去买婶婶的蛋了。想必母鸡正站在邻家的墙上咕咕地叫，喊着还乡的乡邻。

搬来城里后，周围的人们却都把自己锁在屋里，大门不出二门不迈，更别提串门了。有时候遇上烦心事，我会和密友打上一通电话，那是心灵的倾诉，是心与心的沟通，所有的不安慢慢被暖心的话语抚平。只有这时，我才感觉又回到了儿时，回到了那个充满阳光、充满爱的黄土屋。

当我们静享时光温婉之时，保持有序的生活，偶尔嘘寒问暖，这样的邻居无论多少都值得珍惜。社会皆是大家庭，来过的是客，留下的是友。

心怀善意的心，让春风扑入怀间。同是天涯沦落人，四海之内皆同胞！

黑皮的小半生

夜半，窗外，犬吠。思绪如柳絮，纷飞……

我曾养过一只狗，它叫黑皮，是英文"happy"的谐音，而不是因为它的毛是黑色的。据说它母亲只产下它一个。它的一双眼睛水灵有神，忽闪忽闪地看着我们。平时跟我们在一起很是温驯，但遇到陌生人经过，它竖起两只耳朵，剽悍极了，连走起路来，都威风凛凛。它有个最厉害的本领，你若将食物抛投给它，它会一跃而起，准确地接住。

记得我十岁左右，六月的一个夜晚，一个人在家，半夜电闪雷鸣，呼啸的风猛烈地扫荡着玻璃窗，发出"哗哗"的凄厉之声，细碎的尘土粒不时地飞撞在门上、玻璃窗上，似乎要把门窗吹倒。我迅速起身，唤了声黑皮，黑皮发出"嗷嗷"声，却不见身影，循声走去，迎面袭来黑暗之风，临街的一个侧门敞开着，一只傻乎乎的狗，高耸着脖颈，警惕地左右张望，蹲在我家门口，任由雨淋风吹。

我靠近它，它立即两只前脚并在一起作揖，伸出舌头，用身子碰撞着门，示意我关门，原来是黑皮。黑暗里，它的毛发被风卷乱，如蓬草般，耸起着，摇曳着。

"你傻啊。"我蹲下身，轻柔地抚摸它的背。它侧过头看了我一眼，猛地抖动身子，溅起的水珠将我弄得一身湿漉漉的，随即摇摇摆摆走到门口，安静地趴着。

我关上门，眼里泛着泪光。

次年大年三十，听闻邻居家的狗被偷狗贼捉去。我们惶恐不安，为了保障它的安全，黑皮终日被链子拴在家中的柴火间里。但黑皮不停地摇摆脖子，撕咬着链子。母亲于心不忍，恢复了它的自由身，但母亲千叮咛万嘱咐，让它乖乖待在家。

那晚，酣睡的夜，洁白的月，只听一声哀嚎，继而夜又沉入平静。

翌日，左邻右舍七嘴八舌地说起昨晚确有几声凄厉愤懑的狗叫声。

是的，黑皮被捉走了。

我们四处寻找，哥哥走在前头，大声呼唤着"黑皮——黑皮"。当我们经过那条乡间小路旁的一个种菌菇的老旧大棚时，发现一颗棕色脑袋从勉强抠出的圆形窟窿里探了出来，是黑皮！它在一个劲地用前爪挠着覆盖在大棚上的塑料薄膜，嘴里不住地发出"嗷嗷"的声音。

我们冲进种菌菇的棚中，里面的凤尾菇装在白色塑料袋里依次整齐地摆放在菜架上，任由其散漫地生长。黑皮瞧见我们，撕心裂肺地嚎叫，朝着棚里凶恶的大汉咆哮着，怒吼着，似乎我们给予了它力量。棚中的犄角处，黑皮脖颈被一条粗重的铁链拴住，旁边有一个简易的灶台，四方的灶台里嵌入一口大锅，锅里的水正冒着热气，滚沸着。黑皮的左眼血迹斑斑，舌头从嘴里耷拉下来，胸脯贴在地上强烈地起伏着。头部不知经历了什么样的撞击，凹下去了一块，凹陷处的毛发已然不见，一道口子正不时地渗着猩红的血。

哥哥唤来父亲，我们抱走黑皮，后来听说父亲和他们打起架来。

黑皮瞎了一只眼，自此它再也没有接住过抛给它的食物。那天大年初一，黑皮四岁。

到底这个名字未能给予它快乐。不过伤痛于黑皮而言，似乎对生活并无妨碍。

一回，黑皮跟随姑父去隔壁镇的田地帮忙。姑父在田里劳作，黑皮则占据领地，呼朋唤友地一同在田埂上飞奔、疯跑。回来时，姑父说半路时，已不见黑皮踪影。

时隔两个月，村里的一位大婶在堤坝上瞅见黑皮，想帮忙唤回它，但黑皮却无动于衷。大婶一个电话和我们对照了黑皮的外貌特征，确定是黑皮。大婶一个劲地叫喊黑皮。黑皮竖起耳朵，摇着尾巴，缓慢地往前走。一路跟随大婶，但距离足有一米远。

经过我们村口的一条河道，是它熟识的地方。它拼命地超越大婶，后脚用力一蹬，配合前脚用力。它回家了，站立在我们的面前。我们看清了它现在的模样：耷拉着脑袋，肚皮干瘪，随风舞动的柔顺的毛已紧紧贴在身上，眼眸里有浑浊的光，不知道它这两个月到底经历了什么。

它累了，九岁了，哪儿也去不了了。那时祖父住在叔叔家——我家对面。祖父腿脚还利索时，呼唤黑皮吃饭，一般只唤一个字：皮。黑皮闻声飞奔而来，大快朵颐之后，便懒洋洋地趴在祖父脚下歇息。后来一日，窗外雷电交加，黑皮不断地用前爪挠着门缝。祖父闻声，双手取下门闩，房门"咯吱"一声打开了，黑皮浑身湿漉漉，左右摇摆着身子，四散的水花将祖父衣服溅湿。祖父寻思着再有刮风下雨的话，恐怕黑皮进不来，房门离地有两公分，夜半，祖父找来锤子，一锤一锤地敲打在门槛上，阵阵雷声夹杂着一下又一下的敲打声。凌晨四点，未眠的祖父、未眠的黑皮。

后来祖父病了，卧床不起，大家轮番照顾。没有人呼唤它吃饭，没有人叫"皮"了。不论刮风下雨，它都会穿过门洞，蜷伏在祖父床边，听着祖父沉重的呼吸声和不知内容的喃喃自语。

一日，祖父在床上不停地喊疼，声音嘶哑，似乎每句话都铆足了全部气力。黑皮跑到叔叔面前，狂吠不止，叔叔没有搭理它。它跑到婶婶跟前，发了疯似的叫着。我见它急切地嘶叫着，便唤上大家跟随黑皮，来到祖父床榻边，原来祖父后背瘙痒，用抓背器挠背时没有气力取出，一个长柄连着一个弯梳齿形的头在后背垫着，生疼。

大家激动地看着彼此。

祖父还是走了。

那天，阳光疏朗明媚。大家围在祖父床边，床上放置着两个易拉罐瓶子，上面插着两根蜡烛，蜡油顺着烛台流下，如眼泪坠落，悲意浓烈。

黑皮前爪扒在床头久久凝视。祖父无法转头瞧见黑皮，眼睛一动也不动，瞪得大大的。而黑皮的瞳孔里装满了祖父的身影。

我们取来食物放置在它跟前，黑皮冷淡地瞥了食物一眼，耷拉着脑袋走开，一直在祖父床前绕来绕去。

祖父走后，黑皮也不见了踪影。他们说黑皮是祖母的化身。其实，黑皮老了，走不动了，只是在山上寻一处，离去罢了。

薄信拾光

曾有言：家书抵万金；云中谁寄锦书来，雁字回时，月满西楼；鸿雁向西北，因书报天涯。

一红笺，一点墨，字在，情浓。纵然时光红了樱桃，绿了芭蕉。有它，是快节奏生活里的"慢"，可以收藏流年。

对于信，虽有遗忘，但至今钟爱。

好友让我捎一封信寄给远在甘肃的他。那时我终日脚不着地地忙于工作，某日偷得半日闲暇，便上街买信笺与信封。但令我失望的是，我走进几家少时常去的文具店，店主都是一个表情：皱眉，摇头。

我沿街走了几条道，接踵而来的是无信纸售卖。好不容易入了一家拐角的商铺，里面陈列着大红纸、一得阁墨汁、笔管、砚台……店主是一位微胖、慈眉善目的老妪，脸上皮肤因松弛而自然垮下来，但是她有一股书卷气，很儒雅，笑起来很温暖。她从一堆红纸中取出——信封是棕黄色的，没有任何纹样，一如我小时的信封模样。我拂落信封上的灰，那是岁月的尘埃吧。我想。

信纸花花绿绿、红红紫紫，各色各样，有带边框的，有红笺上印花的，还有水墨的。我一面称赞大中华的发展神速，一面埋怨着信纸的消失。后来我在寂静的夜里伏案研好墨，捺好笔，信笺上落满缕缕思念，想着第二天上班的时候前去邮寄。

因期末忙碌，我竟忘了寄信这回事。闲暇时，翻看朋友圈，好友发表了一条动态，他说：窗外零下二十摄氏度，如果可以在屋里温暖的灯下看信，这是多么幸福的时刻啊！我的眼，迷离着。惭愧之感如窗外的风，时不时拂面，提醒着我。

紧闭的心扉蓦然地念起，那一段时光，他处在工作生活迷茫期，不知如何前行，何时才是归期，他可能并不期待我的忠告或建议，他兴许只想通过一封薄信了解远在一千公里外，位于福建的我的生活态度，以及发生了什么新鲜事。是的，我肤浅极了！原以为信件仅是一种信息的传递与交流。书信可能是一阵暖流，在清秋苍凉的生活里，夜色静谧时，挑一盏灯，捧读一卷信，落入一点暖。在某个人晦暗的时光里，拾起最美的日子，默默收藏，翌日继续积蓄暖意前行。我大概明了，书信也是一种生命，在高级物种与高级物种之间踯躅传递……

此时信件还静躺在我的抽屉里。信落笔之时是深秋，如今时令已辗转至腊月。

它仿若一个调皮的娃娃，看着我简单而稀奇的生活……

那时，学校元旦举行游园活动，我班组织了一场智取鸡毛信的亲子游戏，正是急需信封和信纸之时，同事着急万分，而我不紧不慢地说，放心，我有法子。

次日，我从抽屉里取出一沓信封、信纸。

同事调侃道，你是活在什么年代的人？我笑而不语。

信也有故事。

在隋唐时期，海上工作的渔民通信不便，时常因为出海而收不到家里的信件，后来机智的劳动人民发现，鸽子有极强的方向感，可以用来通信，于是便利用鸽子传递书信，以向家人报平安。而唐朝宰相张九龄，在岭南的家乡，更是养了一群鸽子，并用鸽子与家人传递书信。

信是贴近大自然的，它曾被人打卷用红绳缠绕着，系在飞鸽前爪上，而飞鸽在那湛蓝的天，天高任飞翔，前方是目的地，亦是它的希望，那时的天那样透蓝，那时的人那样纯净。

如今拾起书信，宛如拾起我曾经懵懂的年华……

留不住，是光阴，滚滚。但它一直都在。

尘封已久的心扉，吱呀一声，被时光推开了记忆之门……

第一次落笔写信，是小学五年级。我的学校坐落在村里靠西的方向，背后有一座秃顶的山，离城里得有十几里的路。

那时候，学校组织我们去城里的小学交流学习。当我踏进附属小学，便开启一天的学习时光。时间如白驹过隙，一天的学习结束后，我们记下一到两名和我们一起学习并相谈甚欢的同学名字，到家后，信件自然成了我们保持联系的纽带，成了牵搭起两颗心的桥梁。

当日子有了念想，空气里都围绕着棉花糖般丝丝甜甜的味道。寒冬的一次课后，我和同学一同送信、取信、等信。我把信揣在怀里，匆匆前往一家杂货店，这是我们村里唯一一家可以寄信的地方。杂货店门面上有一个锈迹斑斑的绿色邮箱，散发着古意之美。我买下一张八角钱的邮票，贴在信封右上角，上面的一个正方形框里面写着四个醒目的红字：贴邮票处。我瞅见同学够不着邮箱，踮起脚尖，脖颈伸长，眼睛巴望着邮箱那个长方形的小小的口，复踮起脚尖，屏住呼吸，直至信件落入邮箱里，发出"铛"的一声轻响，脚跟方才着地。

每天最期盼放学的铃声，然后迅速拎起书包和三两个同学结伴往杂货店的方向走去……

我们静静地盯着邮箱，等候着邮递员将信件递来，又将信件送走。日子在等待中慢慢溜走，直到我们瞧见杂货店旁的一株株桃树花开满了街边，一枝枝伸向邮箱，红绿相映分外妖娆。

邮箱里散发出旧时光的味道，是慵懒的，迷人的。日子从寒入暖，静候信的到来，静候时光的到来，那沁人肺腑的温暖，可靠，踏实。已然成了我那时最美光阴的记忆珍藏。

而当有一天信件不经意地经由同学之手来到我身边，惊喜从迫不及待地拆开信封开始蔓延，我小心翼翼地将信打开速又合上，合上又忍不住打开。好似体会到诗人笔下"复恐匆匆说不尽，行人临发又开封"的心情！我左等右盼，它却以它的方式，循着它的速度和行程告诉我：它来了。

犹记得，那时我行在苏州山塘街。天寡白寡白的，气温约零下五摄氏度，手心的薄凉渐渐透入心、肺。脚步停在拐角处暗黄的二层高的书店。匾额上写着：猫的天空之城概念书店。进了店，琳琅满目的书，最吸引眼球的是书店里几只棕色的猫，有的眯着眼，安然躺在一堆书上面；有的趴在看书人的脚踝边；有的则胆大妄为地伏在案桌前，你看着书，它则看着你。

书旁放着一排排格子，里面分门别类装着信封、明信片、邮票。层层叠叠的明信片，在屋内暖气的蒸腾下，散发着些许的温热，从指尖传递心尖。信纸！这里居然有诸多的信纸，美妙极了！不同纸质不同纹理，同时每个柜子上沿都标有价格。我挑选了最入眼的印着一朵紫红色花的信纸，几片花瓣散落在信纸的中央、边缘，宛如海浪在水中，溯游从之。

我听从店主建议写了一封寄给二十年后的自己，只是二十年光阴后的日子，又是怎样的光景？我又是一个怎样的我，我是如何捧读这封二十年前的信，或是念给膝下的儿女听，或是和心爱之人寂静之时，握着信纸，忽梦彼此少年事……

但我知道，拾信，就是拾起一段不为人知但自暖的时光……

一点星光，一点人迹，至少我知道，这个世间还有稳妥的温度……

心底那一抹暖色

　　窗外，樟树早已冻结在秋天。

　　金色的余晖，洒下斑斑驳驳的光，眨眼工夫，乘着风，樟树叶似乎在肆意地笑着。又一个好凉的秋！的确，秋天来了，冬天的脚步就不远了。不知怎的，心中隐约泛起某种不可名状的疼痛。

　　图书馆静得出奇，一阵冷风从宋明理学教学楼旁的湖泊上凶猛地朝我扑来，我条件反射地把脸转向里面，不禁打了个寒战，桌上的书页随风翻到另一页。

　　我喜欢冰心的《我的家在哪里》。尤其喜欢描述她梦见自己在大街旁边喊了一辆洋车，吆喝着车夫说要回家，回中剪子巷……顿时让她想起遥远的故乡，就连在北京的燕南园、云南的默庐、四川的潜庐、日本东京麻布区、伦敦、巴黎、柏林、开罗、莫斯科……一切她住过的地方，偶然也会出现在她的梦中，但这都不是她的家，中剪子巷才是她灵魂深处永久的家。我心生怜悯，此刻，周围只剩下翻书的沙沙声。而我，眼眶微微发胀，好像是一个配角，主导着自己的世界。

　　心底最柔软的一席之地被勾起，思家之情在我眼前跳跃，是呀，来学校已有些时日了，而我却不敢主动给父母打电话。怕他们惦念，怕他们担心，怕他们心里一直挂牵着我！

时光如流水般悄然带走所有的快乐与悲伤，徒留回忆和思念。曾经，高中时，一到周末，我总是如箭般穿梭在人群中，而靶心的位置是家。我贪母亲亲手烹制的各种美食，喜欢父亲循循善诱地讲故事，更喜欢巷口的邻里聊着家常，这些都是我想念的温床……

"傻丫头！春捂秋冻，快多搭件衣服。"母亲拎着我的外套，随即递上一杯姜茶，让我缓解寒冷。紧接着她又心疼地说："瞧你瘦的，是吃不饱，还是不舍得吃？妈给你做几道好吃的补补。"我噘起嘴，故作不理会，不给她丝毫的赞美。心底却想念她做的每一道菜。

寒冬里，我们一家人围坐在一起吃团圆饭。

在悲喜无常的岁月里，时隐时现的暖然，隐藏着小幸福。因为家是个可以放飞心灵、吹奏心韵、放松心情的地方。

而今我上了大学，与父母的沟通甚少，和母亲的亲昵次数也不如往昔了。我每天似乎都在忙活着有关青春的琐事，抑或勾勒着梦想的伟大蓝图。本以为我已经长大了，本以为我可以独自飞翔。其实，我错了。

每每归家时，处在自己的一方小天地里，孑然一身，静享着独处的曼妙时光，夜色静谧之时，无案牍之劳形，无丝竹之乱耳，身心皆安。

流年容易把人抛，红了樱桃，绿了芭蕉，已觉于家中的时间越来越少，竟如留宿旅店，匆匆而来，匆匆而归。

记忆挣脱往事，如起伏的波浪。这些年，如陀螺般旋转，让我模糊了最初的岁月痕迹；这些年，我忽略了亲情关心，忘记在妈妈生日时送上一份聊表心意的礼物；这些年，我忘记同爸爸谈谈心，在他跟前撒撒娇，帮他揉揉肩；这些年，我真没为他们做过什么……

而今，多少回，梦到家，想到双亲，泪湿了棉絮；多少回，梦见家，醒时执酒向南望。无论家在哪个方向，我一直挂牵着。

余光中曾说："离家是一种'思'。"如果说家与学校的距离是一万多公里。那么思念的距离是十万公里，甚至更多。我们都是单翅膀的天使，永远离不开父母的庇护。只有紧紧相拥父母的爱，才能飞翔，飞到我们想去的地方。

　　熟悉的手机来电铃声悄然而至，望着熟悉的号码，我急忙接住，我要和母亲倾诉衷肠，告诉她我想家了，也想她了！

　　此刻，月明星稀，大雁南归，想必爸妈早早地站在巷口等着回家的人了！

与文字结缘

> 文字妖娆，字词蝶舞。
> 落字如心，惜字如金。

打从我记事起，我就喜欢语文。这都是母亲告诉我的，倘若让我抄写枯燥无味的阿拉伯数字，我会在母亲不留神时取出我的田字格本，对着字词抄抄写写。父亲大概看出我对文字的喜爱，也有意识地给我买很多故事书，闲暇之余也会给我讲些有趣的故事，或是指导我写作。

那年我十岁，父亲要求我写一篇关于春节的文章，我很不乐意。邻居家的小朋友都穿着漂亮的新衣服在外面玩。而我，躲在房间里，瞥见闪着红光的灯笼排成行，心里的委屈也穿起了行。我低着头心想，把心思换成文字，在田字格间忙活。凝神间，传来一阵悦耳的呼唤声：佳妹，你在忙什么呢？一起出来玩吧！我所有的思绪似乎在脑海里短路了，接下来该怎么写？爸爸今晚要看我写的文章怎么办？我喃喃自语，堂姐抬眼看了看我，转身走了。呆望着窗外的嬉戏玩耍打闹，我心里开始慌乱不安。

我还是没能控制住自己，急急地跑出房间，似笼子里的鸟儿投入蓝天。和邻家小伙伴玩得正尽兴时，父亲厉声喊我过去："来说说，从哪里抄来的？"我支吾地回答："这都是……我自己写的，没有抄！"

父亲不相信，扬起那宽大的巴掌落在我的脸上，我的脸瞬间火辣辣的，泪如雨下。

人生中父亲第一次打我，他说写作的人首先要具备的便是善良和诚实。至今我也没有和父亲解释，因为我当时没有说谎，更没有抄袭。从那以后，我便放下手中的笔，自认为没有写作天赋。

当委屈幻化成一颗诚实的心、一颗对文字虔诚的心，奇迹却发生了……

上小学三年级时，老师给我们教授看图写故事，相对于同龄人来说，对于写作我更有自己的想法。我的启蒙老师，身材微胖，圆圆的脸上挂着一副金丝眼镜，眉间常常荡着柔和的笑意。她表扬我："你的文字很美，很有写作潜力。"语文老师让我担任语文课代表，并时常将我的作文当作范文，在班级的黑板上展示、讲解。从那以后，每天清晨，我会情不自禁捧起书本躲在屋檐下轻声朗读，好似音符飘荡在眼前，让人心旷神怡。

最终我拾起久违的文字，我不知道写作是一种怎样的情怀，但我清晰地知晓我爱它，是那样不动声色。由于从小抵触数学，导致我对数学的恐惧，每每遇到数学题百思不得其解时，我也用文字抚平所有的不安。

初中时，老师告诉我：你将来可以尝试着考中文系。那一刻，年少的我怎么能想象中文系是怎样的象牙塔？我只知道那一定是充满美好色彩的圣地，幻想着每天有喜爱的文字陪伴着，足矣！

大学时，虽不是中文系，我却进了文学社，机缘巧合下，还有幸成为社长。在文学社中，我找到了一条走向内心自由与爱的地方的路。

毕业后，我忙于工作，朝九晚五。日子一天天如水般平静，带走了我所有的激情与桀骜不驯。我找不到可以快乐的突破口，日子被工作压抑。我想让心灵自由，我利用寒暑假的时间去满足内心的精神世界，去感受每一处的风土人情，去呼吸世界各地不一样的人情味道，带着文字去感受清风明月，高山流水……

文字确实赋予我很多。文字让我找到安放灵魂之处，看落花顺流而下，看大雁逐云追日，看蝉虫蜕去羽衣。

细细回味走过的路，我幡然醒悟，是文字一直在改变我的人生轨迹，让我遇见真实的自己。终其所有，只为和你靠近，彼此对话。

不论我是谁，不论我在哪，我都愿每秒与你促膝畅谈。

锦衣绸缎，马匹千万，我不动容。你予我一生平和之心，淡定之情。你赠还我一生如莲般光阴。何其有幸，遇见你！

流年里，守着文字也清欢！

草色之美

一

一个夏日的黄昏，偶然翻看相册，散落一叶枯草。叶脉的纹路肌理，依旧清晰可见。那被碾压在册页里多年的，没有名字的枯草被时光溜得平滑滑的，不见褶皱。它发黄干枯，夹杂零星泥土，带着童年岁月的美好气息，迈着款款莲步，朝我走来……

都说野火烧不尽，春风吹又生。是的，它没有名字，但生命力却坚韧如丝。

犹记得，一所三开间的老屋，右边一间是灶间，左边一间是爷爷家，中央一间是我家。

最打眼的莫过于早春，屋前落下几层阶，可望见一片草地，绿得发油，油得发亮，亮得逼人眼。屋后，背靠着一座大山，山上树已经成林，密密地聚集在山头、山腰之上。大山的空隙处，山脚下已被繁繁密密的绿草填满。正如诗里所言的光景：树木丛生，百草丰茂。

我的童年和这青青草地融合在一起，早已不分你我。

一年四季中，草的季节，相比于其他植物来说，分外多。春至，夏末，初秋，乃至严冬，皆美得不分伯仲。而我那段欢乐的日子，也随着百草的生长而延长，且乐趣无穷。

一个夏日的午后，太阳炙烤着大地，但树上的蝉，草丛里的蚂蚱、蛐蛐儿、蝴蝶就分外热闹了起来。风扑袭而来，黏黏的，带有淡淡青草甜味的清新。我和邻家小伙伴约定，比比看谁的方法更妙，能捉到更多的蛐蛐儿。

我听从哥哥的建议，就地取材：铁丝圈、罐头瓶、树干。我趁母亲午休的间歇，蹑手蹑脚地溜进厨房，偷偷抽出捆绑木柴用的铁丝。首先在罐头瓶底部凿开一个小孔，将铁丝穿过罐头瓶绕成一圈，最后把小树干和罐头瓶连接在一起。铁丝一头缠绕着罐头瓶，一头缠绕着小树干。一个捕捉神器三下五除二就完成了。我暗自欣喜：这下蛐蛐儿可都是我的了！

我趴在草丛里，耳朵伸得长长的，敛气听蛐蛐儿的行踪。忽地耳畔传来"唧唧唧"的虫鸣，炽炽烈烈，此起彼伏。想必这是小蛐蛐儿，它的叫声频率快，对外界不太敏感，叫得也勤。而个头大的蛐蛐儿叫声缓而慢，有时几个小时才叫两三声，我是没有耐心等候精明的老蛐蛐儿。栖息在草堆里的小蛐蛐儿，昂首挺胸地站立在草叶上，它摇头晃脑的模样，可真是神气极了。我屏住呼吸，眼睛盯着前方。双脚着地，我的整个肚皮贴在草丛上，草丛被我压得弯下了腰。

我用左手撑持着全身，屏息地注视着它的一举一动，瞧这滑头的家伙，得意的样儿，此刻是进攻的好时机。"三、二、一"，我将罐头瓶一把扣下去，顺带青草也被我捕获，便瞧见一个硕大的脸盆儿扣在我罐头瓶上。我猛地抬头，一个声音传来：这次蛐蛐儿平分，我也刚好在捕捉这只。我生气地说，不算不算，我先捕捉到的，你迟我一步。

小伙伴干脆取出自家脸盆儿当作了捕捉工具，手里还拎着一个透明塑料袋，里面装着好几只蛐蛐儿。

"好吧,看在你需要一只蛐蛐儿和我斗的分儿上,这只就让给你了。"

我顺着树干蹑手蹑脚地靠近罐头瓶,并轻声地唤来哥哥用身子围在蛐蛐儿周围,慢慢地抬起罐头瓶的口,一点一点显出绿意,待其全部打开时,眼前除了一片绿,还是一片绿,在阳光的映照下,锃亮不已。

"蛐蛐儿呢?"我大叫道。

原来蛐蛐儿顺着浓密草丛的缝隙钻出了瓶口。

远处母亲唤我吃晚饭,铁丝圈不知去向的斥责声如影子般在六月黄昏里被拉得冗长冗长。

从那时起,我不再惦念这些生长旺盛的草地了。

二

初冬的一个飘着细雨的夜里,凌晨两点。我因受寒惊醒而浑身发抖,窗外的景想必和我一样,因寒流的到来而瑟瑟发抖吧。母亲焦急不已,只见她一会儿坐下,一会儿站起,一会儿来回踱步。

母亲似想到什么,忽然笑颜如花,迅速朝厨房方向走去。不晓得母亲要倒腾些什么,我就这样等候着。一盏茶的工夫,母亲推门,进了屋。右手提着一个红色塑料袋,里面装着满满当当的东西。

"我去给你熬一碗,可以驱寒。"母亲焦急的声音中带着喜悦说道。

喝了母亲煮的汤,次日,我恢复了气色,脸上渐渐红润起来。这可得益于生长在那百草里的鱼腥草。是啊,草丛里居然藏着宝藏。如若在白天,我家屋前的草垛旁或者院墙边,随处可见有用的草,随便捋上一把,洗净,晾去水汽,便可熬着喝。可我不晓得在雨夜里,瘦弱的母亲借着手电那一束微弱的光,俯身又起身多少回,才觅得这些沾着湿气的鱼腥草。这样的场景又让我如何忘得了?

而这次我对百草园里的草,刮目相看了。

母亲说我们不愿除草，只是怕这些草丛里藏着的数不胜数的珍贵却不易寻得的草药失去庇护，如白头翁、益母草、夏枯草等。

一年四季，百草园里都有宝贝，有时我跟随母亲前往百草园里采草药，但我基本上都是打下手。鱼腥草、益母草等各种草药都可以用来煲汤或是做各类美食，夏天可以熬板蓝根清热解毒，冬天可以熬苍耳子驱寒。只是冬天的草有些许的稀疏，绿意少了，但一直都在。

冬天反倒好觅得草药，它们在稀疏的绿意里极清晰地显出来。不过我还是热衷于在茂盛的草堆里寻觅，好似它们在和你捉迷藏。那种随时可以采摘的快乐，真的无与伦比。

三

寒冬初春，姥姥给我送来她亲自熬的百合粥，百合是姥姥自己晾晒的，姥姥最爱百合。我欢喜地迎上前端起热腾腾的粥，猛然发现一条青蛇靠在门边，注视着我们。它竖起的身子抬得很高，正想继续朝我爬来，我吓坏了，姥姥张开手臂，挡在我面前，阴沉着脸，竟和蛇对视。

"这里没有你讨吃的东西，你到别处讨吃的吧。"姥姥大着胆子硬着头皮一字一顿地说。

那条青蛇似乎听懂了，突然整个身体垮倒在地上，转过身，一扭一扭地朝百草园的方向蜿蜒而去……

"吓着你了吗？我的孩儿。"姥姥打破空气里凝固着的惊慌的气氛，惊魂未定的我瞧见姥姥长长地嘘了一口气，面容的皱纹都紧绷着。

姥姥怔住好几秒，突然自顾自说着话。

但我分明清晰地听到姥姥吐出一句颤抖的话："命都吓没了半条。"我呆望着姥姥，一言不发。姥姥敬畏自然的心至今一直感染着我。

百草园里有肥肥的蛐蛐儿，神奇的百草药，来去自如的鼠、蛇、蚂蚁，还有我那不安且趣味无穷的童年。

我喜欢艳得妖娆的玫瑰，喜欢朴素淡雅的百合。但我钟爱，无言地赫赫地卓立在天地之间的草色之美。

一把柴的记忆

在老家，南面的一排红砖黑瓦房，最末端的一户便是姥姥家。姥姥家地势最高，房屋呈下坡状。门敞开着，灶台映入眼帘，向街望去，影影绰绰地看到来往的行人。挨着姥姥家，居住着一位九十多岁的孤寡老人。我时常见她倚在门框上，悠闲地晒太阳。

柴火是当时的必备品，姥爷是个勤快的人，总能时刻备齐树根柴块，堆放在灶台旁。柴棚是用砖垒成的方体，半人多高。与烟囱相对应的一边留口作为添柴用的灶眼，上方留出一个大的口子放锅。这样锅里煮饭，锅下添柴。灶眼口边是一堆堆的柴垛，那都是姥爷抡起斧头劈回来的，一捆一捆码到柴垛上。

听姥爷说，他砍下的柴大多是被风吹断或大雨来袭被连根拔起的树，有老态龙钟的松树、杨树、桃树、柏树等；也有低矮的桑葚树、桂花树、水蜡树。

那日我不吃饭，姥姥索性从柴垛中取山刺藤，山刺藤也可用于烧柴做饭，棕色的，叶片硕大，叶片边缘呈锯齿状。姥姥挥舞着山刺藤，拍打着桌面，我惶恐不安，立即端起饭碗，赶紧扒拉几口饭食，以躲避一场山刺藤的抽打。

那年夏天，姥姥去隔壁奶奶家唠嗑，我蹑手蹑脚地拿出几块地瓜扔进灶膛的柴火堆里。划一根火柴，顿时点燃，金黄的火焰左右飘动。当火苗轻触在山刺藤叶燃了一点火星，刹那间又毫无光亮。我正准备进屋取些作业草稿纸放柴房当引火燃料，却与姥姥撞了个满怀，姥姥要把我关在屋里不让出门。我焦灼不安，只见姥姥用火钳夹柴块入灶眼，随着火势渐旺，炉灶里发出噼里啪啦的声音。

姥姥挥手示意我出去，手里的火钳不自觉地对着我，随着"啊——"的一声，我锁骨那片小嫩肉被火钳烫出了一块深深的正方形红印。姥姥大惊失色，急忙将我抱起，颤抖的手慌乱地在瓶瓶罐罐中摸出茶油给我搽上，又用一个红色油纸盖住。姥姥自责不已，一趟趟来里屋看我。

姥姥抱着那块烤熟的地瓜，眼里噙着泪花："来，小馋猫。"

地瓜经过火焰的炙烤，变得皮酥肉软，轻咬一口，不禁感叹，真是幸福啊，甚至连疼痛都已忘记。

如今，走过许多地方，看着那浓郁的炊烟袅袅升起，却成了心中缺憾，因再也找不到柴火堆。我怀念寒冬时，坐在灶眼口前的小板凳上，不时拾起柴块丢进去，暖意十足。

心生涟漪，汇成淡淡的忧伤和浓浓的思念。

我不会忘记寒冬姥姥姥爷下地。那时我虽然酣睡，窗外传来拐杖触地声、叹息声，从耳边传到心底。因为姥姥家门窗不严，薄墙不固，些许声息也能清晰入耳。

我蹑手蹑脚起身，如爬山虎般伏在里屋的墙边，竖起耳朵，等着这个贼。厨房柴门里进来一个一身素黑的人，粗大的树枝当拐棍，破洞的暗红色布鞋，劲凉的风随时入脚胫、脚踝，佝偻着背，扶在拐棍末端的手青筋突起，手背的皮松松垮垮，皱起一层又一层，像极了水波扬起的纹路，一张苍黄的脸，粗糙得像一棵历经多少风霜的老树龟裂的树皮，紫红色的嘴唇。原来是邻家的老奶奶。她向四周瞧了瞧，我随即缩回脑袋。

她俯身，在柴垛里抓起一捆，夹在腋下，又缓缓探下身去，伸手抱起一捆。她用拐棍使劲撑着，站起来，艰难地抱在怀里，她叹息着，弓着腰，拄着拐棍，迈着踉踉跄跄的步子，缓缓向着她家的方向走去。

姥姥厨房的后门可以望见下坡的沿街，邻里的奶奶便是从柴门直接出去的。

我将这个发现告诉姥姥，姥姥叹息地说："这个邻家奶奶，孩子们都在外打工，对她不管不顾。她一个人，自己料理不了生活。"

无论走多远，有柴火的地方就可以看到温暖；无论走多远，有柴火的地方才是家的方向。温暖的记忆一直丰盈着内心，童年的记忆不会忘记，那柴火堆旁，就是姥姥家！

我家的年味儿

年味儿是"爆竹声中一岁除,春风送暖入屠苏"的热闹;是"千门万户曈曈日,总把新桃换旧符"的欢喜;是"半盏屠苏犹未举,灯前小草写桃符"的隆重。在我家,年味儿是"烟火声传九州荣,红绸缎彩凡尘喧。阖家欢言庆佳节,一盘棋味荡九天"的柔情。

去年除夕,万家灯火通明,人们兴高采烈地准备迎接新年。窗外,鞭炮声此起彼伏,噼里啪啦地响成一片,烟花在夜空中放射出五彩斑斓的光芒,而绚丽的光芒透过窗子,将屋内也映照得分外妖娆。我们一家人一边欣赏窗外的烟花,一边围坐在饭桌边,吃着热腾腾的年夜饭。

"今天呀,我要宣布一件开心的事儿!"刚吃没两口,父亲便放下碗筷,笑呵呵地说道。

"啥好事呀?"听到父亲说话,我也放下手中的筷子,好奇地探着脑袋询问道。

父亲用余光瞥了瞥我,语重心长地说:"今年我们家多了一个小成员,杨一,希望明年的今天,家里再多一个女婿!"

"啊,大过年的,不提女婿的事,您的女婿兴许在某个十字路口等我呢。"我赶忙把话题扯开,"赶紧吃饭,吃完等着看春晚呢!"

每年除夕，晚饭后，一家子总会找个舒服的姿势，惬意地坐在沙发上唠嗑、观看春晚。

仓促的日子似乎一下子慢了下来，搁下凌乱的心绪，陡然感慨岁月的悄无声息，而"年"的味道更醇厚了。

辛勤耕耘一年的父亲，新年脚下，难得地放下繁忙，放下不安，放下周遭工作的千万种焦虑，约上三两个好友在小区门口下象棋。没一会儿的工夫，便吸引来了不少人围观。

下棋一向是父亲最热爱的事。记得去年正月初一，父亲在街上同朋友下象棋，许是太过投入，将与母亲的约定忘于脑后。棋散之后，依旧兴致未减，当掏出手机时，定睛一看，未接来电竟足足有十几个！他到家门口，却发现钥匙早已寻不着踪迹。母亲交叉着双臂，端详着父亲，脸上堆满无奈的神色。兴许是大过年的缘故，母亲只是小声地说道"老糊涂"，抛出一个试探性的微笑，父亲一脸悻悻地躲开这场"战争"。

记得儿时，父亲下班回家，吃饱喝足后便立马投身到紧张激烈的下象棋的氛围中去，他说，他喜欢这种氛围！和邻居家叔叔在门口的大树底下相对而坐，边乘凉边吆喝道："将军！"而每逢这时候，母亲总是催促我让父亲尽早回家，可父亲一遍又一遍"马上了！"我便知道，父亲不下个痛快，是不会"罢休"的！到家之时，已然做好了被母亲斥责的准备。

今年和往常一样，晚饭之后，大家静候着春晚的直播。八点整，春节联欢晚会隆重播出，此刻父亲却还未归家。我拨通父亲的电话，还未发话，电话那头说"现在回家啦！"便匆匆挂了我电话，我握着手机，一脸茫然。

全家人靠在绵软的沙发上：我吃着瓜子、喝着茶，母亲轻轻剥开橘红的橘皮，从橘皮里掏出一瓣一瓣橘瓣来，放置在我们跟前，侄女悠然地依偎在嫂子的怀中，好奇地打量着电视中的节目，哥哥似乎被节目吸引，目不转睛地盯着荧幕，其乐融融。春晚播出半点钟了，父亲仍然没有回来。

母亲原本和颜悦色，霎时间，一脸严肃，沉默不语，窗外的烟花却在笑，似乎有意打破我们不安的氛围。

"我回来了！"父亲推门而入，"应该没有迟到吧！"母亲缓缓起身，慢步走到卧室。

"妈生气了，你不是说早点回来吗？"我站起来接过父亲的衣服，搭在衣架上，略有不满地问道。

"最后一局太精彩啦，就耽搁了。"父亲有些不好意思地挠了挠头，讪讪地笑着说道。

只见父亲蹑手蹑脚地走进母亲的房间，不久便传来母亲银铃般的浅笑声与父亲那爽朗的笑声。我不晓得父亲是如何将母亲哄得心花怒放，但除夕夜，共进晚餐、一起看春晚与一声带着甜味儿的责骂，其实不都是为了我们能团圆美满，让自家的烟花笑吗？我们各自欢喜，做着自己喜欢的事。樱桃豌豆分儿女，草草春风又一年，荣华富贵不如真实的陪伴。

天地清朗，千年也不过一瞬。我们在这里出生，在这里成长，在这里老去，但"年"的味道，在一代代人的见证下，更显浓烈。

和谐之歌

　　为了后天的驾考,我在训练场上做着最后的准备。练习坡道定点停车和起步时,我轻踩油门,用余光向左边肩膀线看齐时,几声"啾啾啾——啾啾啾——"清脆干净的鸟鸣声从耳畔侵入。被这声音深深吸引,我好奇地转过头,原来树上有一只鸟儿在吃果子。不多时又飞来了一只,那只吃着果子的白肚皮、棕色毛身的鸟儿,放下嘴里的食物,停在树枝上,看着飞来的鸟儿,昂起小小的头颅,两只小爪紧握树枝,动作无比熟练,好似在说,这树与果子全是它的。

　　太可爱了!又来了一只,这只鸟儿慌乱无措,左看看,右瞄瞄,一会儿落在树杈,一会儿又急忙蹿到树梢,似乎在向自己的"敌人"宣告:这里是我的,都是我的!后来又陆陆续续地飞来许多鸟,这只可爱的鸟儿反倒安静许多,停歇在树枝上。另一只鸟儿飞到它身边,两只鸟儿亲密地啄着彼此的毛羽。鸟叫声此起彼伏,在这棵树上,不同鸟鸣,不同时段,但都是在唱着一曲赞歌:和谐之歌。

　　教练突然唤我:"停下做什么?"我专注于耳畔的鸟鸣声,他对我说什么我已听不清。

　　"停下做什么,这里停的时间超过30秒,你就挂科了。"他提高嗓门儿，用那惯有的责骂学员的口吻又重复了一遍。

　　我挠挠脑袋，阳光打在树上，长短不一，纵横交错的树枝像一把把剪刀，把阳光剪成七八块，零零碎碎地落在地上。我右脚松开油门，车缓缓下坡，阳光便俏皮地钻进我的车底下，余光中教练紧皱的眉头微微舒展开了。

　　教与学，学与教，这也是一种和谐：闹中的和谐。

　　车停泊在场地上，一眼瞥见，偌大的驾校场地里仅有一幢楼房，土黄色的墙面，红边镶嵌，因风霜雨雪的侵蚀而越发黯淡无光。楼顶的五星红旗随风飘扬，越发艳得夺目。在驾校外，三层高的沈氏祠堂屋脊上飘扬的红旗与之交相辉映。四周的树丛也在温煦微风的吹拂下，窸窸窣窣地清唱。是的，春来了。是的，希望来了！

　　这是一种和谐：安静的和谐。

　　我目光往前移，一辆锈迹斑斑的小型卡车，散发着旧日时光的气息；一把漆成蓝色的小板凳；一个可乐瓶立在地上，给练车之人提供点位或方向；左边一株松树，一棵瘦长的杨柳，绿芽依依；地上"S"形的白线，足有一丈高的芦苇随风凌乱；靠右的围墙外栖落着小桥、流水、人家；田野边的老爷爷挑着扁担，垂着的两个箩筐随老爷爷的脚步节奏左左右右……

　　存在即合理。正是这些物、景、人，形成一片和谐的光景。是的，和谐可以是静谧，也可以是繁闹……

　　心有和谐，如万物复苏。人与自然的和谐，皆在，我们生长在同一片苍穹之下。

　　练完车，教练下车点了一支烟，淡青色的烟袅袅升起……

　　当我准备下车时，一只灰黑格子样的蚂蚱安然趴在我未拉上拉锁的包里，触须肆意摆动着。我小心抖动着包，它却敏捷地跳到另一个夹层上，似乎并不怕人。那我可就大胆起来了，我对着它放话：哥们儿，我可不想邀你到我家做客……

　　小蚂蚱似是听懂了我的话语，后腿用力一蹬，欢快地蹦远了。我目送它渐远渐无声，微风拂过，撩动着四周的树叶发出"沙沙"的声响，略显冷冽的风儿吹散了暖冬的那丝丝燥气，提醒着人们新年的脚步近了。场地上，众多学员有条不紊地练习着，热闹与宁静，只有一线之隔，却又相互融合，既不突兀，亦不平淡。

　　年味儿，是马路两边系着的大红大红的灯笼散发出的暖暖的味道……马路一尘不染，大家你来我往，车辆有条不紊地奔走在柏油马路上。街对面的凤凰城小区门口，几位年轻力壮的汉子共同高举着横幅，站在梯子上，身子摇摇晃晃，似乎在下一刻就要倒了，一群年轻妇人、老妪扶着梯子。红彤彤的横幅上赫然醒目的字眼：平安罗源，幸福靠大家。

　　和谐，大到一个社会，曾经诸多的网络灾难侵袭着许多青少年不稳定的心性。如今网络安全，网警全心监督。马路上抬头可见摄像头，让黑暗的力量无处遁形。平安即安定，安定即和谐，它们一体多形却又相得益彰。

　　和谐是万众一心的主旋律。和谐是天地的稳定之本……

第二辑　眉眼里，都是你

时光老去，情未散

儿时，与好友采青草，将其编成麻花辫形状，缠绕在手指上，互相展示，乐在其中。前年，姥姥赠予我一枚戒指，而今这枚戒指，裹在手绢里，每每想起，却让我泪水如潮……

犹记得那是暑假的一天，我闲散在家，便去探望许久未见的姥姥姥爷。那天我陪姥姥姥爷聊了很久，直至深夜，我才回房休息。

第二天一大早，待姥爷出门遛弯后，姥姥神神秘秘地站在里屋门口，对正在客厅里看电视的我招了招手，小声地说道："毛儿，过来一下。"

我一脸好奇，她在门口朝左右看了看，确定没人后，就把我拉进了房间。房间里，厚厚的窗帘将光挡在了窗外，在昏黄的白炽灯映照下，映入眼帘的，是姥姥视若珍宝的大木箱。

我好奇地看着姥姥打开箱子，用略微颤抖的双手翻开一件件衣裳，从箱底取出一个外形朴素的小盒子。她打开小盒子，里头盛放着一枚造型精致小巧、让人印象深刻的戒指。姥姥很慎重地将戒指放在我摊开的手掌心里，戒指沁凉，在我掌心慢慢温热起来，戒指如需赶赴一场重要的约会，应约而至，却又娇羞着矜持起来。

"毛儿，你看，这是我瞒着你姥爷，偷偷用攒下来的钱给你打的戒指，等你结婚那天就给你戴上，我们家毛儿，会是最漂亮的新娘！"姥姥似乎看见了我出嫁那天戴着戒指的情形，笑得合不拢嘴，脸上的皱纹拧成一朵花。

"哎呀，姥姥，你说什么呢！"我一边略有害羞地回应着姥姥，一边借着昏黄的灯光打量着那枚戒指，我的目光已被戒指的精致深深地吸引住了，它并不是常见的钻戒，而是用黄金打造成的一个圆环，兴许是因为姥姥不清楚我的戒指圈口尺寸，便将其设计成活口可调节的圆环。戒面上，工匠精细地勾勒出几缕羽翼的样式。仔细观察，会发现那些羽翼栩栩如生，仿佛一阵风吹来，便能乘风而上。让人不禁赞叹工匠技艺过人。

我仔细端详着这枚戒指，眼前渐渐模糊，紧紧地抱住了姥姥，姥姥拍了拍我的后背，问我怎么了，我只是摇了摇头，一句话也说不出。

在姥姥家待了大半个月，每天白天帮忙做事，晚上陪二老聊天，生活惬意且平静。回家时，我悄悄地把戒指戴在手上与好友分享，在好友的感叹声中，我暗自窃喜……

当我无意间瞅见，戒指的内圈被打磨得很光滑，上面竟然有一个小小的凹陷，凹陷处镌刻着一个小小的字：佳。一枚有我名字的戒指，依托着我的专属，我是独一无二的，姥姥给予我的爱也是独一无二的。温润的期盼，诚挚的祝福，都融进戒指里。戒面上随风的羽翼，里圈的名字，似乎寓意着待我羽翼丰满，天高任我飞，浓厚的爱，绵软的情。我却禁不住含着泪微笑。

母亲得知后训斥了我一顿，劝告我还未出嫁，先把戒指存放在姥姥家。

寒假到来，我又去看望姥姥。虽然才离开半年时间，却发现姥姥头发比之前白了些，皱纹似乎也多了，背也不如之前挺直了，看上去，少了些活力，多了些老态。

晚上，我趁姥姥不注意，将戒指放回箱子里。

转年，再去探望她时，却因为姥姥患了失忆症，竟已忘了我是谁。只是看着她遥望远方，喃喃自语，似乎在与儿时的我对话。

光阴散去，留下了悠悠伤怀，可姥姥对我的爱，却深深地镌刻在我的心里！

父亲的衣服

　　一件深蓝色西装，安然静置在衣柜里，这是父亲结婚那会儿的经典，它宛若一个伙伴、一个静止的时光机。

　　墙边堆着一个个麻袋，里面是母亲早已收拾好的衣服。父亲来回翻腾，时不时地对某一件旧衣服发出一声叹息。他语重心长地说，所谓经典就是十年后依旧流行，这些衣服就这么丢了，多少有些可惜。

　　父亲是一位技术精湛的工匠，家里的桌椅板凳等诸多家具，都出自父亲这双灵巧的手。每逢假期，左邻右舍纷纷来我家，请求父亲帮忙制作各类木制品。

　　父亲摆弄着推斧，将奇形怪状、形态各异的木条打磨成或圆或方或长或扁的桌腿、板凳等，深蓝的西装随着父亲晃动的身躯时而贴合后背，时而扬起衣角。满地打卷的木屑，好似团团爆米卷，安静地卧躺在地板上。当大汗淋漓时，父亲迅速脱下西装，拍了拍衣服上沾染的木屑，将西装小心翼翼地挂在窗台上。完工后，他拭去汗水，取下衣服，披在身上，脸上满是欣喜的笑容。

　　二十世纪六十年代，父亲工作的时候，一个月仅有二十来块的收入，生活略有些捉襟见肘，每日粗茶淡饭，日子不缓不急地走着，谁也不记得谁，岁月却记得每个人的面孔。天稍冷，父亲便穿着结婚时候的深蓝西装，工作、出门晃悠、会友、下棋。

记得有一次，父亲骑着单车载着母亲，夕阳的余晖在山头晃晃悠悠，天边只剩下一个小小的窟窿，忽明忽暗的橘红色晚霞慢慢暗淡下来，山的轮廓在眼球里隐隐淡淡。在江边日晚里，单车的轮子缓缓前行，他们仿佛昔日校园的青葱情侣，迎着风，母亲脸上的笑窝里装着昔日的独家记忆。

母亲声称风有点大，父亲便毫不犹豫地脱下外套，递给母亲，让她盖在膝上。父亲下车后发现，衣服卷进了车轮子里，早已破损不堪，臂膀、衣角都留下轮子翻卷的印记。暗黑的天空下，父亲愣愣地站在原地，将衣服披在身上，缓缓地说，改天去补补，有时候补丁也是一种时尚。

看穿父亲心事的母亲沉默不语。恰巧次日父亲生日，母亲偷偷买好新外套，放置于父亲常坐的竹凳上。晚饭期间，父亲不经意间发现了新外套，嘴角扬起笑意，继而用低沉的语气说道："这一定很昂贵吧，拿去退了。"母亲默不作声。父亲放下筷子，一面起身抓起衣服，一面说着去一趟街区。

母亲说，父亲饭还没吃一口，就匆匆出门退换外套，换回一手提袋红彤彤的樱桃——那时候奢侈的水果，更是我们至今都难以怀念的清甜的味道。

后来我们长大了，日子也开始欢呼雀跃起来。

仲夏的一天，我打算着为父亲添置一件新衣裳。

父亲小声嘀咕不用了。晚饭后，我倚靠在窗台，月光洒在书桌、椅子上，勾勒出一条条柔和的线条。

"现在的孩子，真不让人省心。"

"我女儿给我买衣裳……"

"我很高兴，可是，生活……处处需要用到钱，哪有不花钱的时候？"

声音是从隔壁大厅传来的，因隔着墙，话语断断续续。父亲竟是那样欣喜。

约好一同去街区买衣服。父亲百般推托，无奈打开网购页面。衬衣价格一目了然，父亲粗黑的手背，指尖的皮肤，如同枯老干瘪的树皮。滑动页面，"亚麻的质感好穿起来舒服。就这个吧。"难得父亲和我的眼光一致。当指尖触及手机屏幕，跳转出价格，父亲眉头紧蹙，愕然的表情僵住了几秒，来回踱步，故作有事，只见父亲举起手机，贴近自己的耳边，"喂喂……没有信号吗？"他的指尖在一件深蓝衬衣处停了下来。"就它了。"父亲声称事忙，得马上去工地一趟。而这件衬衣是全店价格最低的，我转身却发现父亲的身影早已消失在走廊的尽头。

而此时，父亲窝在房间里，将房门反锁，门外的我无奈地等候着，不知过了多久。父亲的声音从门缝钻出：我在房间整理那些不常穿、破旧的衣服，及时清理丢弃。当楼下门铃被按响——收破旧衣裳的人来了，通常情况就是当作垃圾，按斤卖，或者进行衣物捐赠。母亲催促父亲，赶紧将衣服整理出来，而父亲迟迟没有下楼。母亲按捺不住着急的情绪，便匆匆上楼，然而房门却紧锁，母亲只得在房门外来回踱步。

父亲迅速地打开门，母亲惊讶不已，环顾四周，并无衣物的踪影，就连装衣物的尼龙袋也长腿似的跑走了。父亲摇摇头，一本正经地说："我挑了一遍衣服，都还能穿，纵然现在不能穿了，十年后也许又流行起这种款式了，时尚都是不停流转的。"

父亲无辜地看着母亲，而母亲微微地苦笑了一声，只得一脸无奈地下楼，只将我们的破旧衣服带走，好似带走一个个包袱。

回到房间时，红色针线从衣柜垂落下来，悬在半空，摇摇荡荡着，好似一个调皮的精灵，我顺着针线找到针眼，针眼落在褪了色的松垮垮的袖口。许是父亲为护着所有来之不易的衣物，衣物里的良辰美景、桀骜不驯的青春、生活捉襟见肘之时却深知简约方可喜乐，心若安然，无须忧惧荒芜流年。补丁的时尚，我稍稍有所明白。而那件带补丁的深蓝西装是父亲不能丢弃的流金岁月。

龙眼里的爱

秋的步伐越来越快，随着天气日渐转凉，清晨时分，阳台上花盆里的花儿与叶子上已开始沾满露珠。我甚爱秋，秋露秋露，顾名思义，秋天的寒露已悄然到来。

秋风顺着窗子的缝隙吹了进来，微微的凉意，促使我起了个大早，看着窗外混杂在秋露中那淅淅沥沥的小雨，朦胧中已分不清是露水还是秋雨，它们似乎已融为一体了。风儿从耳畔轻柔而过，我打了个寒战，赶忙披上外衣，却迟迟不愿离开阳台，到了寒露，仿佛一夜之间天就凉了。比起炎热，我更享受现在，享受这薄凉的空气里带来的一丝冷静，它能让我有那么一刻的安宁与清新的思考。天一冷，便更会想起姥姥时刻嘱咐我的话：天冷多加衣，多喝热水。然而，这句温情的话语，却再也听不到了。

以前，每年到了寒露时节，姥姥便会领着我去市场，亲自挑选最新鲜的龙眼。姥姥说，现在吃龙眼，可大补。为了买到最新鲜的龙眼，姥姥会挨个摊点精心挑选，娴熟地拿起龙眼，眯着眼看了看其形态后，将龙眼放在鼻间轻轻嗅了下它的味道，手指也轻轻捏了下，看看它的弹性，嘴里还不住地念叨着：可以试吃一个吗？有你说的那么好吃吗？说话间，便剥了一颗尝了起来，姥姥细细品了下滋味，摇了摇头，跟店主说了声什么，便拉着我走到下一家，还是用相同的方法尝了一颗，依旧摇了摇头。

看着姥姥边挑边吃的情形，我略感不适，心想既然没有十足诚意买的话就不去碰它。于是稍显嫌弃与尴尬地跟姥姥说，再不买我就回去了！姥姥似乎看出了我的窘态，听我语气稍有些重，脸上挂着微笑对我挥了挥手，让我在市场外头等候。我略显不开心地走到市场外，找了间正对市场口的奶茶店等待了许久。许是逛遍了整个市场，姥姥正提着一大袋的龙眼欢喜地走出，朝家走去，她的背已不似前几年那般直挺，呆望着步履蹒跚的姥姥，我快步走到她身旁，接过她手中的龙眼，小心地搀扶着她，一路有说有笑。

到家后，姥姥赶忙把龙眼洗净，而我迅速找来碗用于盛放龙眼。注视着碗中被姥姥洗净的龙眼，颗颗饱满圆润，好似一个个圆球，龙眼那棕黄而有韧性的皮上带着点点水珠，一看便很有食欲。我顺手拿起一颗龙眼，狠狠地咬了下去，龙眼的汁液一下子喷薄而出，甜甜的汁液瞬间溢满我的嘴，一股满足感油然而生，心想，挑剔的眼光结果还是不错的。我捧着碗，将它献给姥姥，让姥姥也尝尝她精心挑选出来的颗颗甜而不腻、汁水饱满的龙眼的滋味。而姥姥饶有兴趣地瞧我那馋嘴的吃相，笑着摇了摇头，眼中充满了慈爱。

如今，又是一年寒露，而我却再也吃不到往年那新鲜而又饱满的龙眼了，那是姥姥逛遍了整个市场，挨个摊点精心挑选，才买到的最清甜的龙眼。寒露依旧，却再也听不到您对我的谆谆教导。只记得当年，我一口气将碗里的龙眼吃光了，好似那份甜蜜可以抵挡这一整个凉秋和接下来的寒冬腊月；只记得当年，您慈爱地凝视我的眼神，那眼神早已烙进了我的心间；只记得当年，您对我说过的每一句话。

我忘了问您，您买龙眼时，选了几家摊点，挑了几个小时？我忘了问您，您怕我尴尬，往后的每年都自个儿去买龙眼，您又是怎样的心情？我忘了问您，当您每走过一家摊点时，摊主是否对您有过不满？这些我都不知道，也已经无从知道了。也许您没有怪过我，如今，我却深深自责。

  寒露还是寒露，而您，我却找寻不到了。看着窗外滴答滴答，感受着时光不停迈进，我却已不再年轻，当年那些年少轻狂的故事，早已随时光从容不迫地老去。我只是凝视远方，一路大步向前，却无心周遭的风景。

  多少年，旧物早已换了新物，偶然回首，停下前进的步伐，让自己重温旧日里您的好！回味，是为了让自己能更好地向前，是为了让自己能更加勇敢地做好自己。轻轻取下一颗昨日母亲买的龙眼，虽不似您买的那般甜蜜，却回味无穷！

母亲的微笑

自打母亲生病后,她对什么事都提不起劲,身体恢复好了,悲观的情绪却跟随至今。

一日,朋友送来一株山茶花,在松软的土里安然地滋生着,它的叶是菱形的。

我找来废旧的盆子,先用剪刀剪开外层的塑料包装袋,待其全部剪开,残余的泥土匍匐倒地。母亲见状,蹒跚地走到我跟前:"好端端的,别糟蹋了它。"

我笑了笑,仰着头看着母亲的眼睛,肯定且自信地说:"我一定会好好待它的。"

我收拾好楼上露台的一个角落,找了个新盆,为了让新"客人"更好地呼吸,便在盆里放置一堆小小的瓦砾,将新泥放下,轻轻地扶着山茶花枝条,把泥土推到与盆口齐平时,山茶花安稳地立在一个半圆的盆里。露台顶上就是苍茫辽阔的天。它拥有了小天地,同时也拥有了大天地。

夕阳斜照,光影落在露台,时而疏离,时而紧密,山茶花叶片奋力向上,光停歇在半片叶脉上,一半亮,一半暗。光影对比鲜明,让这个颤动的生命着实鲜活。

好似徐玑所写：茶花晴带粉，蒲叶晓凝珠。我举起相机，拍下它美妙的瞬间。粉嫩的花瓣，一条条不规则的大红色条纹印染其上，乍一看，尤显突兀，然而，多看几眼，眼里都是深远的红，好似朱砂落入心。

那滴滴晶莹的水滴，好似也被红色条纹所吸引，久久不愿离去。我回头，母亲就倚在露台的门框，久久不语。顺着母亲的眼神，我看到她正凝视着我面前的山茶花。

无言，母亲亦没有开口说话。

"老家天台上有芦荟，有空带些过来，这还有块空闲地！"母亲边说边转身出去。

日子马不停蹄地奔走。露台上，也已摆满各种植物：芦荟、绿萝、杜鹃、海棠、万年青、茶花等。站立着的，妖娆着的，各显姿态。

我终日忙碌于工作，对于它们疏忽管理，春也悄悄，夜也迢迢。冬去无声，月走无言。当光阴爬上树梢，我不禁感叹日子已倏然而过。

周末的一个清晨，我起了个大早，走到露台，在日光下舒展身体，仰面，闭眼，温软的光拂过我的脸颊。低头，密密匝匝的芦荟挤在一个盆里，肥厚的茎叶向外伸展，一株芦荟只有根须在盆里站立着，茎叶都向外蓬勃着。

最令我欣喜且诧异的，莫过于成簇成簇的芦荟中央立着足有三十厘米的茎条，每隔五厘米就缀着小花苞，也有的开了黄色的小花。

旁边盆里是山茶花，绽开了笑颜，粉中带白，白中映粉，相得益彰。白掌、红掌也在这个腊月里捎来了春的讯息。

植物都是自由地汲取养分，自由地向上生长。但芦荟青青，花茶枝枝叶叶，总觉它们随顺天意，心中总是凄凉意，我心生了怜爱之意。

我迫不及待地想把这个好消息告诉母亲："它们可以自己生长，我等待便是了。"母亲莞尔一笑。

这一方绿色的小天地，茵茵菱草绿霞槎，齿叶生生缀嫩芽。茶花开得盛，金橘长得茂盛，绿萝千姿妖娆，兰花戏舞春风，因为这片繁景，母亲的笑容渐渐多了……

打理一片天地，任由花开草绿，如同母亲的心事一样，驱散了，便是幸福的样子！

父亲丢失的梦想

一次偶然的机会，我听了一场关于孝敬父母的讲座。讲座的内容多少有些淡忘，但有这么一句话，却如沉甸甸的石头一般丢进我心坎，胸中充满悲凉，久久不能释怀。

"孝顺有三种。一是孝父母之身；二是孝父母之心；三是孝父母之志。"

五岁那年，父亲一本正经地问我，我的梦想是什么。我怔住，看着父亲瘦瘦高高的样子，一言不发。父亲笑着示意我，好似说什么都可以被允许。许久，我憋出一句话：吃好吃的，玩好玩的。

父亲数落我一番。

"那你长这么大了，还要梦想做什么？"我追问道。

"我的梦想是希望你们能活出最好的自己。"父亲弓着背，凑近我说，似欲开口，却又止住。"对，这就是我的梦想。"父亲又补充了一句。

父亲曾是一名小学教师，他抱怨自己耐心不够，转行做了木匠。那时，夏至。父亲骑着摩托车，下班回到家，满身的木屑与粉尘，撂下外套，从家中搬出木质的象棋棋盘。棋盘是折叠式的，收起来也方便。

偶得空闲，傍着蜂蜂蝶蝶，莺莺燕燕，廊檐下，抑或花树下，皆为

"战场",他们相对而坐,欢快地摆出棋阵。这盘棋像是有魔法似的,路过的人瞧见后,都纷纷围拢过来。年长我一岁的哥哥也加入阵营。正值晚饭时间,母亲让我催促父亲回家吃晚饭。

我硬着头皮过去,只见大家沉浸在如何将你的军而皱眉思索,场面极其肃静。"爸,回家吃饭了。"父亲"嗯"了一声,便又继续埋头到紧张的"战斗"中去了。我拉了拉父亲的衣角,父亲没有丝毫察觉。无奈的我如枯黄的落叶,颓废、无力、耷拉着脑袋。央告无效的我,干脆坐等父亲。对于象棋,我虽然是个门外汉,但静下来,倒也看出点门道:马走日,象走田,卒子一去不复返;车是一杆枪,炮是隔山箭,老将老士不出院。

后来,我、父亲、哥哥被母亲揪回家后,父亲和其中一人商量好,棋盘放他家,下班直奔他家,倒是省了气力和责骂。那天天色已晚,母亲焦急地在门口来回踱步,等候着加班还未归家的父亲,当窥见父亲从对面的那户人家大门走出,母亲瞪眼端详着父亲,他挠挠脑袋,像个犯了错的小孩。父亲可没少因下棋挨母亲的斥责。

后来我们举家搬迁到城里,小区里下象棋的人少了。那些和父亲博弈激烈的邻居叔叔都不见踪影,村里"无敌手"的父亲,终是空落了。

直到一次我整理衣柜,被柜子里一个什么东西硌到手,翻出,原来是父亲用大理石雕刻了一个棋盘,藏匿在柜子最里面,蒙尘着。梦想被尘埃掩埋,而我想,你可以"杀敌护将"了。心中如有一抹彩霞,笑盈盈横在翠绿的峰峦上。

我在心里暗暗地告诉自己:要孝父之志——圆父亲的梦想。

无独有偶,朋友是县城象棋协会会长,在朋友圈发了成人象棋比赛的动态。我询问一番,立即给父亲报了名。心想,那个象棋比赛能满足父亲继续如年少般怀着梦,实现着梦想……

母亲得知消息后,笑得合不拢嘴。她说,年轻时,父亲就梦想着参加全国的象棋比赛。

晚饭时，我把比赛的相关事宜转告父亲，父亲声音低哑着说："不去不去，输了岂不是丢了这老脸。"

"不碍工作的，一边工作一边比赛嘛。"母亲接过话。

"一边工作一边比赛，脑子哪里够用啊。"

次日，父亲问及我比赛的具体时间。追加了一句："输了可别笑话我。"

里尔克曾说，我们必须全力以赴，同时又不抱任何希望。不管做什么事，都要当它是全世界最重要的一件事，但同时又知道这件事根本无关紧要。所以，我不在意比赛结果。

因为少时父亲欲言又止的言语中的，才是他真正的梦想。我忘了，当生活的重担落在父亲肩头，那个曾经"绝杀"全村的棋手，如今苍老许多；那掷地有声的梦想，也如重锤落进一团棉花里，丧失了最好的时机。我的眼眶，忽然湿润了。

每个人都有最真实的自我，大自然里的萤火虫有点亮黑暗的梦想；蝴蝶有采花纷飞的梦想；乡间犬有护舍及漫山疯跑的梦想。生灵都有追梦的权利与勇气，何况是我的老父亲……

母亲的爱

家里的早饭大都是：稀饭、青菜、豆腐、萝卜丝。这种吃法，源于家里有朝九晚五的上班族，既简单又营养，一举两得。

长寿面只有在特殊的日子才会出现。长寿面，对任何人都有着浓得化不开的仪式感。

母亲是个很有仪式感的人，在我准备考驾照科目二时。母亲一大早，就在厨房为我做早饭，顺着那熟悉的香味，我朝厨房奔去，只见母亲端着烫手的碗，险些摔碎。我下意识地冲了上去，母亲一只手略微颤抖地托住碗底，我双手接过烫手的碗，那竟是一碗长寿面。母亲嗔怪自己："上了岁数，端个碗都端不动，真不中用！"

碗里的长寿面上覆着一个黄白相间的煎蛋，蛋黄凝固，白白的蛋白外边儿带着焦味的酥脆。

小时候吃面，为了看到面条长度，便用筷子拉面条，把面条拉到超过我的身高时还不到头，于是我站到木椅上，可就算这样，还是看不到它有多长。母亲见我似乎还不罢休，便笑着说："快吃吧，面凉了不好吃。"我只得作罢，坐回椅子开始吃。面条细且软，继而把嘴凑过去，一口吸住面条，面条变短，再变短，最后藏匿口中，落入腹中。清淡中带点微辣——

姜母膏的味道。一般只有家中产妇坐月子，才要食用姜母膏，以驱寒。

还记得那年教师招考，晨起，我慌乱地将考试用的材料备齐，下楼，入眼一碗长寿面。长寿面飘来缕缕清香，似乎在为我加油助威。

我是非常喜欢吃面的，竟一口气吃完。

母亲如同哄小孩儿似的，不厌其烦地告诉我："吃了鸡蛋面，考试取得满分是绝对没问题的。"

我淡然一笑，带着母亲的祝福前往考场。

母亲的话一直萦绕心底，激励我奋发向上。

果真，考试顺利通过了。

母亲曾是一位农村的人民教师，那时在宁德市的一所小学，母亲一干就是大半辈子。母亲抽空煮了几碗长寿面，待牧童们空闲时好垫肚子。日头渐落，雀鸣枝头催人归，半缕炊烟半缕霞。牧童们从牛背上爬下来，三三两两地围过来。时隔多年，母亲煮的面孩子们至今难忘。

夜半，牧童们骑在牛背上，牛鞭拍打着牛屁股，笑声、闹声遁入黑暗里。月光如脉脉的流水，落在母亲空空如也的碗里。

母亲缓缓剥开的一个又大又白又圆的馍馍，像极了天上皎洁的月。

母亲曾和我说，她那时候教的学生的年龄和我一般大，八岁。

那时教师资源匮乏，学校里教那个班的老师来了又走，导致那个班几乎没有老师敢轻易接手，一则居住环境潮湿，二则调皮的学生居多。

区里的人来学校听母亲的课。母亲刚踏入班级，嘈杂声、笑声不断。母亲灵机一动，笑脸盈盈地请他们上台讲故事，大家笑声渐弱，反而很专心地聆听其他同学的发言。一阵狂风刮过，把窗户上的玻璃刮碎了，"哐啷"一声落地，孩子们瞬间惊呆！

课后，母亲独自处理玻璃渣时，一位手臂瘦得跟竹竿似的小男孩儿，取来簸箕争着要帮忙。

母亲看着他笑了笑，送给他一本课外书。翌日，班里又传来琅琅的读书声。

母亲生来胆小，学骑单车足足用了两个月的时间，随着电动车、汽车的普及，母亲说："人老了，过时了，什么都不学了。盼着你们长大，就省心了！"

路过的风景，遇到的人，母亲一直用她执着的性格，谱写着一位老师的平凡，一位母亲的爱！

父亲与书

书架的一个搁板螺丝松了，父亲取出十字螺丝刀，爬上书架，旋紧螺丝，指着那些书说："看蜘蛛都把网结在这儿了，再不收拾就会变成垃圾场了。"

我的书架靠墙拔地而起，因为书多得快擦到天花板了。难怪蜘蛛会在上面结网，想必它也想体验住高楼的感觉。

说起书架，跟父亲有段故事。那时父亲从小学找来一块集成板铺在地上，左右丈量了一番，便将它做成书架。书算有了家，一本紧挨着一本。初中时，父亲觉得书太多，干脆做个大点儿的书架，他用实木自制了一个高一米五左右，有十六个隔层的书架。书可以随意地立着，也可以横着放。

父亲将书架修好后，便倚着书架，讲起了他当年的故事。

父亲高中时，读文科，据说和祖父一样，出口成章，写文章总是倚马可待。

因为他自身的本事，我上小学的时候就被父亲要求养成每日写文章的习惯，一篇一点评。田字格里爬满歪歪扭扭的字，静静地落在悠长的时光里。

父亲惜书全受祖父的影响。父亲说，自己的文墨不及祖父的万分之一。祖父当时饱读诗书，创作了大量的诗，由于搬迁的缘故，未能留下祖父半个字。上初二的时候，我还见过祖父的诗集，许是阅历不足，当时我鉴赏不了诗里的意境，但隽秀的字，光亮的墨，透着他对祖母的深情。

二十几年过去了，父亲那一摞教科书，依旧崭新，好像一个个未沾烟火的孩童，脸上悄无声息地泛起红晕，明眸，天真，与世俗不融。

父亲除了读书，就是下地干活。他都是趁着晚间读书。那时书店也不多，父亲一般都是去书店借阅图书。

而祖父那时候家里田地多，他也是挑灯夜读。

时光飞逝，年华暗换，转眼有了我们。

七岁左右，我与其他女孩一样，喜欢跳皮筋，玩过家家游戏。而哥哥虽年长我一岁，但他和众多男生一样，迷恋富有逻辑性与规则性的游戏。

那日哥哥和邻家小伙伴在他们家玩纸牌变变变的游戏。将纸牌的正面平铺在地上，用手掌心的力量轻轻拍下地面，产生的风力能将纸牌翻到背面则胜利。哥哥运气实在背，竟然输了很多张，他哭丧着脸回到家，还好母亲袒护他。

"他欠我纸牌五十张，什么时候还？"那个男生一手叉腰，朝我母亲叫喊道。

母亲塞给那个男生一块钱，那个男生思忖许久，摇头说："不行，不行，没有奥特曼纸牌，那就赔书吧，书也是纸。"

哥哥脸色略微发白，不自觉地后退了一步，躲在母亲身后。一旁的父亲，一言不发，铁青着脸，瞬间摇摇头。只见父亲转身进了屋，不到一盏茶的工夫，他的怀里抱了一摞书，崭新的封面一尘不染，仿若初春新萌芽的树叶，柔嫩、光滑、充满希望。

书放置家门口，母亲一脸惊诧地急拉住父亲的衣角，父亲推开母亲的手，眼神如炬，似奔赴一场大寒天，做好御寒的准备。封面工整的字体映入眼帘——人教版高中语文。打开书页，大拇指和食指配合用力按压平整。一页页从起订处剪开，最后剪得单薄可怜，犹如一缕无力的风，想驱散整个夏天的炙热。他目光凝聚着，左右手的大拇指沿着中心线对折两次，两手的食指则配合按压褶皱。一张 A4 的书页成了巴掌小的几个长方形。父亲示意母亲取来剪刀，母亲委屈着去了。

"快！"父亲命令式的语气吓坏了母亲，家门前的小伙伴们也怔怔地戳在一边，静得只听见书页的沙沙声。父亲起身，取来剪刀，沿着中心线剪开，就变成四张纸牌。

"愿赌服输，言而有信。不用剪了，你就赔我两本吧。"小男孩儿理直气壮地说。

"对，愿赌服输，言而有信。"父亲重复着他的话。

书递交给他时，父亲将头别过去，望向墙壁，转身又朝里屋走去。看着书本一页页变成好玩的纸牌，哥哥在一旁，眼泪在眼眶里直打转。

黄昏的斜照，落在家门口地上，地面上残留着剪纸时遗留下的纸屑，残血的夕阳带不走，只有风能带走，成为过往。无论狂风，抑或微风，都让时间带走了。

当母亲聊起过往时说，搬家的时候，父亲最先惦念、最先搬起的是自己学生时代的教科书和课外书。那些书本是父亲的最爱！

我的第一本课外书，是父亲买给我的。我捧着那本《朝花夕拾》，顿时泪目。父亲曾说，唯有读书才能不断地成长，唯有读书才能遇见更好的自己。

父亲的假牙

晚饭，被香喷喷的牛排诱惑，我用牙使劲咬，却怎么也咬不动！莫不是肉质太老？父亲半开玩笑地说："咬两口，直接吞下去。"这个方法固然好，但是委屈了喉头部分，噎堵得很，不能慢慢咀嚼最美味的肉质精华部分，我不甘心。

临睡前，我下楼盛水，只见父母卧室的门半掩着。母亲低声地朝父亲说着什么，语气里还夹杂着无奈。我望着屋内，呆呆地站在原地，大气不敢出。月光落入窗里，落在父亲佝偻的背上，只见他取下一副半弧形的牙套，牙套的两边均是铁丝样的东西。看不清它的全貌，但我清楚地知道，那是上颚的全部牙的替代物。我倒吸一口气，母亲继续说："嘘，别出声，快睡吧，一会儿被两个孩子发现就糟了。"我迅速调整状态，一只手拿起透明玻璃瓶，将瓶身微微上扬，杯口对准陶瓷杯的杯沿，顺着杯沿倒进温热绵柔的水，接着杯中冒出一股清泉般剔透的水花。我假意咳嗽了几声，似乎让里屋的他俩察觉到我没有听到他俩的对话，瞬间泪水模糊了视线。我连走路，都是一只脚重重抬起，一只脚重重着地，一步一顿，在光滑的瓷砖上响起清晰的脚步声。我是自欺欺人吗？

我真的全然不知，父亲的牙，居然是假的！

这些年，父亲为了守着这个事累吗？是的！一定疲惫至极！父亲连同这毫无生命的牙，同呼吸，共老去。我似乎看到这副牙在月光中肆意张狂地嘲笑，笑我们这几个孩子对父亲的忽视，阵阵惶恐霎时溢满心头。为什么？为什么？父亲至今对这件事只字不提。父亲既没有嚷着让我们带他去医院，也不曾听见他在家叫过一声疼。我请教了牙科医生：倘若牙多年不治，牙床肯定会萎缩，现在补救，恐怕很难有成效。

这几年，我和哥哥先后毕业工作，不说风光无限，最起码能自己照顾好自己。日子如细流缓缓流动，我们也深知，百善孝为先，但对于父亲的关心真的很少。

印象里，听父亲说起，二十世纪六十年代，十七八岁的父亲，每日除了上学，回到家还要忙活许多活计。那是七月初，台风刚过，街面、河道都满是垃圾与黄泥。树木低垂着脑袋，我们村仅有的一座横跨北山和桂林（我们的村名）的小桥的一根长柱断裂了，必须马上处理。祖父是一位热心的人，在村里有着极高的威望，他立即把父亲从学校里叫回去，让父亲和大伯前往河道帮忙。

河道上诸多村民抬石柱，清理泥沙，架起桥墩，场面轰轰烈烈。父亲和大伯随即加入了"拯救"桥梁的队伍中。父亲和大伯一同扛一根粗大的石柱，石柱约六米长，重量约有上百公斤，父亲和大伯各负责一端。父亲缓缓地抬起石柱扛在肩上，肩膀本能地下沉。还没走几步，大伯惊骇地"啊"一声，忙喊父亲停下，当声音传到父亲耳中时，石柱一端已经重重压下，另一端失去了平衡，父亲本能地用前脚顶住，但石柱已然落在了父亲的嘴上，刹那间，猩红的血从父亲的嘴里喷薄而出。

父亲当即被送往医院，痛感持续了好一阵。血虽是止住了，但之后那半年一直觉得牙齿酸溜溜的。我当时就在想，以后日子越来越好，那岂不是好多美食都吃不了了。父亲却笑着说："有的吃就是福！"

四十几年前那根石柱，如今成了我心里的一个重击。难怪父亲轻易地说："咬不动，就直接吞下去。"难怪他的牙齿早已松动，被假牙替代。

老去的岁月，不老的情，在以后的日子里我希望父亲安康！

空心菜空,姥爷爱实

在众多蔬菜中,我最贪恋姥爷亲手种下的空心菜。茎为圆柱形,一节一节,节间是空的,小而尖的叶子,自由舒展着。据相关资料记载,空心菜性喜温暖、多湿的环境。如遇霜冻天,茎叶则会冻住,甚至枯萎。空心菜绽放的花,大多是淡红色、紫红色,花冠素白。尤为特别的是,种子皮厚且坚硬,吸水慢。

在清寡的秋,萧瑟的天里,不适宜辣、甜满熏的菜肴。青绿的菜蔬最宜入口,驱散这清凉的秋。比起市面上的包菜、花菜、芥菜、萝卜等,我还是喜欢空心菜。

我那时年纪尚小,对蔬菜的初识是来自姥爷的空心菜。我认为有叶的、绿色的才算是绿色蔬菜。姥爷家距我家仅有四里路,每逢周末,清晨时分,姥爷早早就来我家门前唤着"毛儿——毛儿——",我闻声跑过去,他的声音深沉中且有些底气不足。

姥爷手里握着一簇绿茸茸的空心菜,哪怕有白色塑料袋,也挡不住空心菜的叶片向外自由伸展。我凝视着缀满露珠的晶莹,在绿意上波动着绿,绿得更为透亮了。

我喊着:"姥爷,菜里有水珠。"

姥爷笑眯眯地将我抱起来,他用扎人的胡碴蹭我的脸,刹那间,我不由得将脸缩回去。

"我都去田里干了半天活了,快起来,小懒虫。"我望着姥爷深深的眸里满是疲惫,隐约间,仿佛看到姥爷在田间俯身又起身,往返不知道多少回的情景。

收获当然是欣喜的,我随姥爷去田地里摘菜的事,自然不必说,乐趣无穷。

母亲没空照料我时,便将我送至姥爷家,我童年大部分时光都是在姥爷家度过的。姥爷肩上扛着锄头,锋利的锄头向着后边的风景,姥爷牵着我的手,让我在前边走。姥爷腰间别着一柄崭新的镰刀,弯弯白白的镰刀,像天上皎洁的弯月,白且有力量。我总喜欢偷偷躲到姥爷身后,看着他步沉而缓,踏过这片丛林——这是去田地的必经之路,踩着各种落叶,发出"咯吱"的响声,好似一位不惧艰险的战士。

一大片一大片田里,被划分成很多长方形的种植地。田地被均分,每家每户都有半亩或一亩。分割种植地时,有的用成排竹子立在田地上作为分割线,竹子架上也被利用起来,牵延着毛豆叶子。而姥爷的这块田地,四周无遮拦物,还是处在马路的下缘。我笑话姥爷傻愣:被人偷菜可不好哩。姥爷总是笑笑。至今没明白,不知姥爷是因为耳背,还是压根儿没当它是一回事。

姥爷俯身用镰刀割开空心菜的底部,镰刀过处,徒留一片秃秃的菜梗。姥爷说:"过几天,会长出新的空心菜。"我似懂非懂,刚弯腰用剪刀剪下一截,一只蛐蛐儿从菜堆里钻出头来,我放下剪刀,便去逮蛐蛐儿了。

我跑到田埂上,追到别人家的田地里,最后也没追到。

远远望着,姥爷正手握锄头,一下一下耕着田地,年幼的我,只觉得炙热的阳光聚拢在姥爷身上,似镀了层膜,金灿灿的,煞是好看……后来我才知道是给种子松土哩。

沿路碰见熟识的人家，姥爷便笑脸盈盈地递过一些刚采摘的蔬菜："刚去田里摘的，新鲜。"

我觉得姥爷特别痴愚，自己费力种菜，却又免费赠送给他人。

"有小力量就帮小群人，大力量就帮大群人。"姥爷带着憨厚的笑容，说着意味深长的话。

姥爷不会掌厨，烹饪空心菜的活计自然落在姥姥身上。那日见姥姥把水烧开后，将空心菜倒入锅中，姥姥说："这是自家种的空心菜，在清晨采摘后，只要在烧开的水中煮一分钟捞起，加点酱油、葱、盐，搅拌均匀即可。"锅中，深绿翻腾瞬间成翠绿、墨绿，如绿绸缎在锅里铺展开。锅里清新温软的菜肴的香气扑面而来，我忍不住伸长脖子多嗅了几鼻子……

是啊，纯天然的蔬菜，如清水出芙蓉，无须用厚重的佐料去辅助它。让天然占上风，让味蕾一直在自然状态。

空心菜，如同姥爷最长情的告白，在最需要的时候，姥爷不辜负时光，呈现给我。

空心菜虽然心空，但姥爷的爱实，暖暖的记忆碎片里，我一直温习着姥爷对我的爱……

听母亲讲那过去的事

秋时,沃田里是一大片一大片金黄的稻穗。这是希望,是秋光里最好的礼物。只见农夫们赤着脚,弯着腰,在农田里,用镰刀收割着早已沉甸甸的稻谷。他们时不时地用手拂去额头的汗,脸上洋溢着收获的喜悦,眉宇间笑意荡漾。

劲爽的秋风吹来,金黄的稻穗低下了头,如巨浪拍岸卷起层层叠叠的浪花,极目远眺,稻穗与天地相接。每当看到这幕,耳畔隐约传来:我们坐在高高的谷堆旁边,听妈妈讲那过去的事情……月亮在白莲花般的云朵里穿行,晚风吹来一阵阵快乐的歌声……

是啊!听母亲讲那过去的事,是幸福的事。夕阳落入远处的山头,余晖印刻在低矮的院墙上,一束光柔柔弱弱地趴在藤椅背上,我倚靠在藤椅上,母亲收拾好灶台碗盏,缓缓走到厅外。她的手顺着我的发梢轻抚,指尖触及头皮,轻而痒,是那么暖。我偏头靠着椅背,饶有兴趣地听母亲讲遥远的过去。

地上的最后一丝亮光也渐渐地细了、软了、弱了,似饥肠辘辘的孩童捂着肚子调皮地跑远了。

母亲缓缓站起,低着头,弯着背,往里屋走去。屋外,天色暗了下来。

秋风萧瑟，如同我的心事。眼前的丰收盛景，装不下我一心的悲凉。

我工作后拿到第一笔薪金，在熙熙攘攘的街市选中一件对襟青色亚麻外套，淡雅的莲开在水青色的衣襟上，曼妙、自由。我满心欢喜地蹦跳回家，看见母亲立即掏出衣服，母亲惊喜的眼神里全是爱。

窗外已是点点花落去，飘零片叶间。因此，为了表达心中之爱，我便给母亲买了件衣裳。

我曾随手翻过一本书，其中涉及原生家庭。我便于那时恍然领悟，我之三两凄然，三两惆怅，仅是自找没趣罢了。

母亲生活在缺衣少食的岁月里，温饱问题已经是人生大事，纵然在支教时，全部薪水也补贴家用。对于她而言，这是奢侈，奢侈本身是罪，她不愿承担罪过。

窗外已是秋收时节，田埂上堆满了高高的水稻。而我可以接受这秋的收获，也同样接纳它荒芜不安。我试着像接纳大自然一样接纳我的母亲。

小时候没听够的故事，还能继续吗？当然可以。只是姥姥姥爷已不在了，只能听母亲讲那过去的事情。

"我想听你讲你的童年，你的支教生涯……"我托着腮，静静地听。

母亲反倒扑哧一笑："过去的事，提它干啥。"

我拿着外套，莲花在水青色的亚麻布上，质洁盛开，似有芳香沁人心脾，肯定地说："你值得拥有，你配得上更好的生活。"一字一字从嘴里缓慢蹦出。正如年华暗换，爱与接纳也如细水涓涓，无须疾驰，无须多虑。

母亲接过衣裳，穿在身上试了试。看到那年花开月正圆……纵然回首向来萧瑟处，也无风雨也无晴。

往事就这样断了，但母亲的心打开了。

又是一年盛秋，我们坐在高高的谷堆上……任歌声在山林、田地、河流间缭绕，萦绕心间，溅起层层涟漪。

往事如烟，割不断的来时路，剪不断的理还乱，只是醉倒在这个秋天！

月光

古有谪仙人李白"小时不识月，呼作白玉盘"的天真童稚之姿，亦有"举杯邀明月，对影成三人"的相思之态。如今，皎洁的月光伴随我们走过长长短短的路，已融入了生活里。望着如水的月，其姿态亦是变幻万千。

一

深邃的夜空中，月儿似怕羞的姑娘，隐匿于树梢里。枝叶将轻轻挥洒而下的月光裁剪成星星点点的斑驳光影。我们一群小伙伴，相约前往村头一处空旷草地，周围环绕着一片富有生命力的树林，二月的春风似剪刀，<u>丝丝缕缕垂下绿丝绦</u>。

"我们躲起来啦——"

我们迅速躲藏起来。

"一、二、三……"小伙伴背过身，用手紧紧地捂住眼睛，嘴里不停地念叨着。

"我来找你们了。"

我屏息凝神，半蹲着，背紧贴着柳树，眼前绿草如茵，月光从柳条下筛落下来，而我混入这绿意盎然间，和煦的风漫不经心，淡淡地轻抚着我的脸颊，树木的生长，丰饶而深沉，饱满而从容，是造物主给这个世界最好的礼物。不争了，不辩了，不扰了，自在安然，枝叶葳蕤，虬枝稀疏，亦无妨。而我任风吹，任月光浸润打湿白日里的燥热与凌乱的心绪。

"找到你了！"小伙伴从一块大石头后面拎出另一个玩伴，脸上露出得意扬扬的神色。

我陡觉慌张，但依旧只敢用余光瞥月光下的草地，被找出的小伙伴一屁股坐在草地上，脸上略微有些不甘，等待着后面被捉到的小伙伴。

我下意识地将腿脚往里缩，背挺直。仰面，月光照在我脸上。干净素淡，纯粹明了。我与月没有对白，但曼柔的月光如悠扬的琴音，贯穿整个大地，起起伏伏，不绝如缕。我低眸四顾，野草闲花逢春生，雅致闲趣遇月开。当真是一场月光盛宴，好不快活。

"快出来。你是最后一个了。"不远不近的地方传来小伙伴狡黠的笑声。

我却依旧故作镇定，但心跳到嗓子眼，哪怕落叶飘至的轻响都能吓我一番，我双手紧握，手掌心微微渗出汗，紧闭双目。待我睁开一只眼时，小伙伴的脸突然出现在我的眼前，月光下，圆脸显得更为淡白，他咧嘴笑，满口吞吐着银白的月光。我一惊，大叫起来。

月光将四周映照得宛若白昼，我们聚拢在草地上，讨论着下一个游戏：老狼老狼几点钟。

忽然，一伙伴猛站立起来说道："赶紧回家了，晚了被野狼吃了。"

我们齐刷刷地站起，不约而同往来时的路急忙奔跑了起来。

闹闹嚷嚷的草地上，渐渐安静下来了。天地之间，徒留月光，丰盈了，广阔了，如白昼……

二

秋季的月,是思念,是期盼,是团圆。有"明月几时有?把酒问青天"的愁然思绪,但又有"未必素娥无怅恨,玉蟾清冷桂花孤"的孤寂……

说到秋季的月,最先想到的,便是中秋。中秋,意味着团圆,每逢此时,离家的游子纷纷归家,与父母团聚,一述离别思念之苦。

犹记儿时,凡是未见过的事物都觉得新奇。得知晚饭过后有一场声势浩大的盛典——赏月,酒过三巡,菜过五味之后,一大家子人围坐在一起,中间摆上两种口味的月饼。那时候的月饼不似现在的月饼花样各异、形状小巧,它们跟菜盘子一般大小,一种是棕色的月饼,掺杂着芝麻、冬瓜、花生等馅,类似现在的五仁月饼;另一种是白月饼,只有些许芝麻与花生屑。月饼上还印着腾飞的巨龙与神凤,煞是好看。

大人们得了空闲,喝茶唠嗑,好不雅兴。我同几个比我年长一两岁的哥哥姐姐,追逐跑闹。正尽兴时,父亲高声唤我过去,我止住奔跑的脚步,一脸好奇,心里也在打着自己的小九九,会是什么事呢?

"你进屋里,拿根绳子来,等会儿月亮会下来吃月饼哦。"父亲带着神秘感,一脸笑意地对我说,姑姑姑父们也点头,附和着父亲。

一听月亮会下来,我一面感到惊奇,心想月亮会怎么样下来呢?掉下来,还是看到好吃的月饼后飞下来?一面又快速地跑进屋里找了根长长的绳子,迅速回到他们旁边,却看见母亲一边摇头,一边感到惆怅地说:"你太慢了,刚才月亮都下来了,咬了一口月饼,又回到天上了。"

我一脸茫然看了一眼月饼,果然少了一小块,一个清晰的咬痕赤裸裸地印在其上,我因未能瞧见月亮下来吃月饼的场面而怅然不已,便只好作罢,转身回屋将绳子放好。身后,长辈们相视一笑,继而说着那些永远也说不完的家长里短。

三

  寒冬的一个清冷暗夜里，辗转反侧亦无眠，我便起身，伏在窗台。冷冽的风毫无保留地扑向我，顿觉清醒。一席月光，轻轻落在我的窗、我的身、我的心、我的灵魂……

  这满足不了我整颗心的贪婪，于是偷偷溜到楼顶，楼顶的月光一览无遗。抬头间，整片的苍穹天宇里，繁星闪耀，月光如水般倾泻而下。放眼望去，远方、近处，皆是黑漆漆一片，四顾杳无人影。似觉有谁在注视，啊，原来是月光，是柔情蜜意，令人沉醉的一轮满月。在我家的楼顶随风弹跳、旋舞，站得久了，略有疲意，一屁股蹲坐下来。我低头，你轻轻俯拍着我的背，我伸起懒腰，打了个大大的哈欠，像是要把身体中所有的疲惫一卸而尽，而你，清秀的容颜，平滑的胴体，用清凉圆润的臂膀环抱着我。

  不晓得你从哪里的树梢后冉冉升起，但我知道，你一来，就都安静了下来，心也被你浸润得如温玉般静谧。你越静，越若水，我就越爱惹你动，打破静谧，陪我一同失眠。我伸手，你蹦着落在我手指上，就连手指的旋纹都清晰可辨；我瞪大眼睛注视着你，我黑色的眸子里反射着你圣洁无瑕的身影；我一跺脚，你却不闹腾了，轻如鬼魅般的踏脚声闪过又消失。

  我喜欢和你玩游戏。陪我到天明的，只有你。

  古代没有路灯，漆黑的夜只能靠着盈盈温婉的月亮。而我没有挑灯，没有借着霓虹灯，我孑然一身，只得投靠你。

  许是来了睡意，我侧过脸，靠在板凳上，迷迷糊糊地睡着了，我睡在月亮船上。而你，正耀眼地亮。

四

乡村生活如水，缓缓流淌，日子也不疾不徐。晚饭之后，盛夏的夜晚比冬日里来得美妙与热闹。邻里都纷纷来到宽敞的大院子里，院子里散落着长条椅、板凳、四方桌，大家落座后，规律地摇着蒲扇，凉风习习，家长里短，唠着别人家的新鲜事。

夏日蝉鸣声声醉，月明风清拂人心。遥望蟾宫星相伴，一点治愈暖人间。淡淡的月，散开来缕缕薄凉的月光，伴随着徐来的微风，给深院里纳凉的人们送来独属大自然的阵阵清凉。乡人们紧贴着清凉，怅怅的心仿佛长长地舒了一口气，白日里被炙烤的大地，也因为凉而薄的月光与徐来的微风，而渐渐平复了那噬人的温度。

抬头仰望着黑幕上瞩目的月牙儿，方知今日之月属蛾眉月，那弯弯的月牙，似是抿着嘴微笑，而两颗小星星恰逢时宜点缀在"嘴角"上方，似两颗小眼珠般遥遥相望着，仿若一孩童在注视着我们微笑。眺望这明亮的笑脸，我那原本因酷暑而略显焦躁的心，仿佛瞬间被治愈了。

月光盈盈，洒满整个院子。妇人们视线都一致地落在孩子身上，壮汉们忙碌了一整天，这时才得了些空闲，歇凉。一孩童手里拿着一块自家烙的大圆饼，嘻嘻哈哈地咬，好似咬月，大圆饼越咬越脆，形越咬越弯曲，像极了虚虚的、松松的、白白的月光。

我极少认真地端看他们的脸，白天里，他们忙活着，个头还比我高，面对长辈，我只得仰望。但此时他们坐下来，嘴里不停地把话送出去。话语落在每个人眼前，有人神色惶急，蠕动嘴唇，还来不及说出口，却被旁边一个人赶忙接住，又从自己的嘴里送出许多这件事的细节。那人则不甘心，发问另一件事情。我听不懂，但我清晰地看到平日里严肃的邻家伯伯，铁青着脸，鲜少看见他的笑容。

伯伯轮廓分明，刻满岁月痕迹的脸盘，在月光下甚是清晰，但月下笑容可掬，每一字一句，都在送出去的那刻，在月光下被以不为人所知的方式轻捻着，揉捏成软绵如水，话语亲切极了。一群人浩浩荡荡的话语，都一一被温柔过滤了。就连身旁的梧桐树、院墙、墙根的野草、桌子、椅子，孩童手中的皮球，桌面上零散的瓜果，街上心地淳朴的流浪汉，似乎都在静静享受这静谧的月夜。月来兮，驱散了黑暗；月来兮，送来纯粹的黑暗。

厉害了，我的国

　　母亲娇小玲珑的身躯下隐藏着一颗学识渊博的心。近日母亲赞赏祖国，学了一句：厉害了，我的国。

　　母亲患有高血压，降压药是每日必备。过年为了图个吉利，不谈"药"不抓药，大年二十八，母亲嘱咐我去我们当地的卫生院给她抓药——药剂是一月有余的量。

　　出门前，我穿戴完毕，俯身穿鞋，母亲一颠一跛地朝我走来，手里紧攥着现金，试图塞给我。

　　"微信、支付宝，现在还需要现金？"我愕然。

　　"我知道很多地方可以用手机支付，但是这个卫生院只收现金。"母亲不慌不乱地继续说，"你们忙的时候，我都自个儿去。我比你们清楚。"

　　我拗不过母亲，应允了。

　　到了卫生院，我拿着单子，径直往取药窗口排队。甬道小而窄，队伍如长蛇般蜿蜒至门口。我手里提着零钱袋，里面是母亲塞给我的现金。轮到我时，在窗口处，我一眼望见玻璃窗口上醒目地贴着支付宝与微信收款二维码。我暗笑母亲的迂，心想，我怎么会轻信母亲的话呢。

　　回到家，我推开门，将抓好的药递交母亲，便略微埋怨她：都说了，现在哪儿哪儿都能用手机支付。

"一个月不到,看来全县都普及了,太好了。厉害了,我的国。"母亲低下头注视着手里的药,松垮的脸颊,如干枯的树皮皱巴着,似乎知道自己错了,也为这便捷的社会感到开心。

是啊,厉害了,我的国。我淡淡地笑着。

春来了,和煦的春风,绿茵匝地,树草葱茏,遍地充满清新、俊逸、温润之感,沁人心脾。行动不便的母亲,常年窝家,煞白的脸,纤弱的身。我和哥哥约好,天气稍好便陪同母亲去踏青。

那天哥哥推着母亲,我们紧跟其后。

"其实不用这么麻烦,看美景,电视上可以看。"母亲柔声细语地说。

侄女奶声奶气地说:"奶奶,一起去。"仰起头,天真娇憨地冲着母亲笑。

母亲放下不安、恐惧、焦虑。路过福州收费站时,车未停下,直接过了关卡。

"儿啊,你不能这样,得遵守规则,咱们还没交费呢。"母亲提高嗓门斥责道。

"娘啊,现在都是ETC,不停车电子收费呢。"哥哥忍不住笑了起来。

母亲把头偏向窗外,窗外湛蓝如碧海似的天,明澈如少年的心。

"厉害了,我的国。"我听见一缕清风般的赞扬,在车里四散开。

大年初一,全家其乐融融,难得安闲,难得围坐一起,看着电视节目。平日里,大家各自奔走,疲于劳作。

电视荧幕忽然雪花飘飘,袅娜的身姿不见踪影,显然是电视机故障了,可我们外行人不清楚到底是哪里出了问题。我说,打电话给电信营业厅,看看是否能来维修。

"万万不可,一年最清闲的只有今天,若打扰到别人可不好。"母亲皱着眉,担忧道。

我回到房间，拨通了电信营业厅的电话，说明缘由。挂完电话不足五分钟，工作人员已然来到我家。母亲歉意连连。

"我们都在岗位上候着呢。"工作人员舒心一笑。

还记得我小时候，黑白电视如果发生故障，得父亲亲自送到店里维修，而维修时间更是待定。

"好了，现在重启下就可以看了。"工作人员一面俯身整理修理设备箱，一面欢喜地说道。

随即电视画面清晰，恢复如常。

"厉害了，我的国。"母亲顾自言说。

国庆阅兵。一派气势恢宏。徒步方队有仪仗队、女兵队、维和部队等迈着整齐划一的步伐缓缓地经过天安门，而装备方队中，海上作战部队、陆上作战部队、防空部队、信息作战部队、无人作战部队等驾驶军车、坦克等大型装备，接受党和领导与人民的检阅。看着电视中那一支支队伍走过，天空中军机划过长空，母亲由衷地说："厉害了，我的国。"

每一天、每一分、每一秒祖国都在进步，在迈向强大。遥想三四十年前，若家中有台彩色电视，便能让街坊邻里前来道喜，如今家家基本换上了液晶电视；二三十年前，家家户户为有一辆摩托车而自豪，而如今，大街小巷已经停满了各类汽车；前几年兴起的"一带一路"，让民众更快更便捷地享受到沿线各国的产品，它推动新一轮全球贸易和新型全球化。

第三辑　远方，轮回

冰的形状，风知道

许多人心中都盈满一壶洁白的雪水，慢煮时光。的确，雪的妖娆足以令我们心生怜惜，在《白雪歌送武判官归京》中"忽如一夜春风来，千树万树梨花开"，原本是雪的柔弱、晶莹、绚烂，但那千里的冰封，纷飞的白雪，却早已深深地烙印在人们的心尖。

当我突然恋起冰来，心灵早已为它所沉醉，皆因去年前往黑龙江时结下不舍的情愫。

我第一次在黑龙江省镜泊湖见到冬捕。镜泊湖——中国最大、世界第二大高山堰塞湖。牡丹江是镜泊湖的源头，而镜泊湖南湖头是连接源头的入水口。站在湖边，眼前是看不到边际的冰面，将河流封冻起来。河流断裂而形成冻缩。但目之所及的是和冰有关的冰堆、冰凇、冰礁……

我们行走在冰面上，难以想象可以如此贴近曾经浩荡的河流。由于我脚底的防滑带断裂，我必须要搀扶着小伙伴，才能艰难前行，趔趄滑动，似一个蹒跚的老人。

据说我们脚底下湖水平均深度40米，水位最高达353米，最低也有345米。这里属于渔民的渔场，冰面上立着红旗或者竹竿。

据了解，镜泊湖冬捕可以追溯到辽金时期。事先勘定可以凿动的地方——下网的地点。首先在冰河上凿出冰口，放置当地渔网下去，观看的人都自觉围成一圈。"来了！"一个渔民叫喊着，手还在不停地拉网。大伙儿都使劲凑上前去，"一！二！三！"渔民挥手示意我们后退，只见渔网拉上来时如一条长蛇，自由地蜿蜒着身躯游走在冰河上。渔网被拉出足足用了五分钟，这是多深的河啊。

五分钟后，渔民将渔网使劲往上拉，直到网越来越短，鱼儿落入网中，挣扎着，不停地摆动尾鳍，在冰河上，它们紧贴着冰面，被渔民拢在透明麻袋里，鼓动鳃帮，眼神触到冰层底下——同伴被"锁"住。

至少那一刻，我眼里的冰是绝情的。冰层下，一条往上溯游的鱼，被"锁"在冰层底下。生命就此打住。但放眼望去，辽阔的冰河之上，冰面条条龟裂的缝隙，眼眸往深处看，阳光铺洒，不规则的冰痕交错着。目之所及，透亮得让人洞见生命的本源，这是大自然的造物，如密匝的丛林，如缠绕的银丝带，解不开，结还乱。

水泡像极了素白的圆雪球，如童话般，咕噜咕噜地和我们说着话。时光被冻结，心情被冻结，那么至少我呼出的白气是温热的，但亦有从此被封冻住的海底生物。心愕然了，这是冰的错吗？湖泊冰层厚度达到半米左右，一串串洁白的气泡分布冰层当中，但这不是冰的错。冰和它们共患难。风应该知道答案。

去问风吧，我暂且不论。既然风可以留，一个不安的念头触动到我，贴近冰，占为己有。在雪乡时，清晨六点，我们带着保温杯，里面是刚烧沸滚烫的九十摄氏度的水。我用力扬起杯子，往我身后反抛出去，刹那间，水掠过头顶，抛洒成一条莹白的弧线，小伙伴则开启慢动作拍下我这囚住它的一幕——泼水成冰。

第一次明白，所谓的泼水成冰，是热水泼到空气中，周遭均是水蒸气，遇到极大的温差结成冰晶，才有如此的华丽瞬间。

是啊，留不住，这终究是一瞬间。

我无法察觉冰的动态，但我知道它一直都是冬的见证。它亦无声，但处处有它的身影，屋檐上、公寓门前破碎的碗上、路边一株低矮的树苗上、雪乡牌坊上、公交车的车窗上。

浩渺的天地间，透明晶莹的背景色，傲然挺立的苍松、停泊码头的棕色船帆、河面上红牛的易拉罐……一点颜色在它的底色渲染、泼墨。它丝毫不在意自己的光芒。它似中国写意画，大面积留白。

原来生命的凛然，在于无声胜有声。寂寥处，看世间分毫。阑珊处，星火四散，而你是唯一的观众。

冰和雪则不同，但又有相同之处。雪，有形而柔美，雅白而端庄；冰则无色，圆滑的表面随风成形。

冰既有磅礴的一面，也有柔情的一面。它如蒲公英随风起舞，停歇在成片的林，缀满冰的丛林便是雾凇。夜看雾，晨看挂，待到近午赏落花。远不止这些，沾染无名的花、草，也自成雾凇一派。这里是冰也是雪，彼此相融，不分你我。

网络上流行一句话：我在南方的秋天里露着腰，你在北方的秋天里穿着棉袄。愿来年，我能看见你在风中凌乱的模样。生命无从决定长度，但冰如何，风知道。

蓝精灵，你好吗

一

今天母亲烧了满满一桌子菜，有糖醋排骨、白切鸡、铁板牛肉、油炸螃蟹……而最让我垂涎的，是最普通、最平常的清炒白菜。菜叶入嘴滑溜溜的，带着一股白菜特有的清甜的味道。

母亲一边笑着说我嘴尖，一边告诉我，这清甜可口的白菜，是因为昨儿个难得有霜冻的天，而霜冻三分，白菜则美味三分，我仿佛看到了经过霜冻的白菜像历经磨难后的"战士"，显示出刚毅的品格。我的脑海忽然浮现出一个个整齐有序挺立在寒风里的"战士"，接受着风霜的洗礼。

"慢慢吃，难得的霜冻天，以后恐怕吃不到这香脆的大白菜。"母亲的话语一下子把我从缥缈的沉思中拉回现实。我唯恐其他人抢完了，便将盘子端到面前，迫不及待地品尝这难得的美味。我后来才得知从老家捎来的白菜，是婶婶亲自下种，自播种之后，又是浇水，又是施肥，偶尔有虫，还会将虫儿捉去，母亲说，用农药的话，会破坏白菜的口感。昨日婶婶下地，瞧见白菜叶上落了一层霜，看上去光洁水嫩，赶忙拔下白菜，让我们尝尝鲜。

霜冻，曾在儿时屡见不鲜。大寒天，抑或腊月，每日清晨起床，还未推开窗，便能看到霜花已栖息在窗户玻璃上，一派朦胧。窗台上，霜花素白中映着晶莹。我小心翼翼地打开窗，劲凉的风长驱直入，我忍不住地耸了耸肩。我舍不得关窗，害怕一来二去，霜花就跑了。我指尖轻轻碰触霜花，滑溜溜、冰寒冰寒的。

那霜花，如徐敞所写的：早寒青女至，零露结为霜。入夜飞清景，凌晨积素光。

我看着眼前的白菜，眼里已噙满泪花，这哪里仅仅是现在吃不到霜冻白菜的小问题啊，这分明是全球气候变暖的大问题。

蓝色的你，是不是已经在宇宙间哭泣了？所有的大问题一开始都是由一个小小的问题引发的。

二

元旦那天，我应闺密邀请去福州走走，不出意料定是索然无味，我本回绝了，但闺密说这是福州的新景点，说我一定想一睹尊容。

于是我随同去了。福州的景物不外乎上下杭、三坊七巷、鼓山、乌山、闽江……

车停泊在景区外一公里的路边，前方还在开垦地，打夯声阵阵，似乎又要倒腾着什么建筑景点。我们朝前走，行至一个路口，一个牌坊立在路口处，石刻的匾额上写着：上下杭。上下杭和三坊七巷有着异曲同工之处。河道割开两旁古朴的小院，黑瓦，石头砌墙，不规则的石头拼接的缝隙还清晰可辨。脚下是青石板路，真有一种轻移莲步，掩面而来的灵巧，又有小桥流水人家的碧玉之感，清新淡雅。

我们走倦了，便在一处屋前廊下停下脚步，"鱼闲人家"四个金色大字嵌在门的横梁处。冲着这店名古意又唯美,我们便入了店内稍作休憩,落座后,仔细看屋内设计,心底涌出不安与焦躁。

许是响午饭点之时,店里进入营业高峰,设计感也涌动着它原本的模样。天花板霓虹灯闪烁,其余的灯昏暗下来。灯影影绰绰,人有种晕眩之感。而隔壁桌摆放着各种美味。环顾一圈,古木桌椅,围坐着来自天南地北的游人,大家说着梦想,说着开心与不开心,彼此相逢不问来处,亦不问归途。

目光回到我的桌面,闺密坐在我对面,闺密旁边有一棵银杏立在棕褐色的大缸里。鹅黄的叶,难得的暖意与平和。

"仿得真逼真。"我双手握成杯状,贴在嘴角。

"这分明是真银杏。"闺密平和地说道。我陡然起身,凑近金黄。缸里还有土,叶是假的,但树根确是真的。纵然春天来临,银杏在这种不见天、不接地的屋里能自在吗?能呼吸吗?心好似裂开般绞痛。

我拉起闺密走出去,这午餐也食之无味了。我们在小巷子转转,顺道寻找自在的美食,舒坦的铺子。经过一个小胡同,拐角处,看到三五个建筑工人在空地上,量尺寸,打地基。

抬头,写字楼、商品房,如参天大树,高耸入云。它们仿若居高临下望着上下杭里低矮的建筑。

蓝精灵还有呼吸的空间吗?所有的地都会没有呼吸,就像大山和大河。我的心淌血般的痛苦。

闺密说,其实上下杭大部分是保留了原来的面貌,这里和三坊七巷同样作为福州的文化传承地,有古田会馆、永德会馆、建宁会馆、南郡会馆、闽清会馆五大会馆和一些老建筑,只是对面曾经的老台江码头,如今已不复存在。

我呼吸着上下杭里特有的原始气味,新年伊始,我只愿美好如初。

三

　　回到家后,电视里正好在放映动物世界,讲到有好多动物濒临灭绝时,我思绪翻转,犹记得儿时,我曾好几次和袋鼠照面而过。它比我都要高,我惊恐地望着袋鼠妈妈无比自然地将前爪垂落在地,原本直挺的脊背向下慢慢弯曲着,袋鼠宝宝看见袋鼠妈妈腹部的育儿袋,便笨拙地钻了进去,袋鼠妈妈轻轻地瞥了我一眼,就一蹦一跳往前去了。

　　人与自然的相处,其实是相互的。

　　那年,哥哥生日,一只鸟儿不知从哪儿飞来,停歇在我家门口。母亲确认不是乌鸦,便放心了。乌鸦寓意不好。我看见它,一身棕毛,腹部一块白,品种不详。许是年纪尚小,无所畏惧。我取出一块蛋糕,盛满一碗水,放置它跟前,我后退一步,它前进一步,我前进一步,它则后退一步,于是乎,我彻底退让,它便摇头晃脑,大胆地大口大口啄着雪白松软的蛋糕,又挪身把头埋进碗里汲取几滴水。

　　隔壁的叔叔婶婶都觉得我胆大,乡村土生土长的我,明白陌生动物对人类都有警惕,纵然是好意相赠,它们也不敢贸然食之。和它们保持一个平衡,它们方能放下戒备,和谐共处。

　　蓝精灵把我们尘世的烟火、人们的悲欢与离合,连同尘埃,都一并收入它的心里。而我心生慈悲,不诉壮志凌云,不道纸短情长,只是讲述一个蓝精灵心底的秘密。

公交车

　　一位奶奶同自己的好友说起，自打孩子搬到城里住后，不能经常去看望孩子，苦恼至极。

　　孩子回家看望老人的时候，也总是来得匆匆，去得匆匆，有眷恋但又不得不离开。老人踮着脚在村口巴望着孩子们的身影，直到夜幕四合时，才恋恋不舍地挪着小脚回屋。

　　老人有三个孩子，一个女儿，两个儿子。自从孩子们工作，且各自有了家庭后，鲜少回家看望老人。老人追忆着过去，那时候老人尚且年轻，有几把子力气，经常在庄稼地里耕耘一天，身体也没什么不适。可如今身体大不如前，去哪儿身体都不允许，好似被束缚在家的孩童。

　　晌午，老人半边身子倚在棕黑的门框上，身后的门虚掩着。午后的暖阳映照着她的双颊，使她昏昏欲睡，老人松弛的眼皮耷拉着，浑浊的双眼模糊了眼前一丝的光亮。远远望去，好似一幅略有年头的肖像画。

　　隐约间，老人仿佛看见她的孩子们陆陆续续朝自己走来，努力地将视线聚集，果真，孩子们从门外走来。老人拖着年迈的身子，哆哆嗦嗦地站起身说道："这么忙，怎么突然回来了？"一面责备，一面露出笑靥，如门前盛开的小雏菊。

两个儿子搀扶着老人坐下，三个孩子仔细端详着老人，嘘寒问暖。"听说你生病了？"老人听出了大儿子平静中略带焦急的语气，笑了笑："一定又是隔壁家的小媳妇给你们打的电话吧。"老人似乎明白了这场"阴谋"。

三个孩子围坐在老人的膝下，就这样坐着，什么也不说，什么也不做。腊月，阳光下低垂的头发，落在他们肩上，拂落来来去去的尘土。老人一会儿摸着大儿子的头，一会儿摸着小儿子的头。有一搭没一搭地说着话。话题大多离不开工作如何，早午饭是否按时吃，身体是否康健……

那是后来的某一个黄昏，老人想念女儿想念得紧，想着女儿刚分娩，便着急去探望。

老人拄着木质拐杖，拐杖上有圆圆的圈圈，像极了一个个小眼睛，在注视着这个老人，凝视着这个世界。近几年随着车辆越发的多，村里的三轮车也随之骤减，好似日渐消瘦的老人，谈不上岁月枯荣，就已无法与想要的事物连接。

村里距县城约有十公里，以前在村口有前往县城的三轮车，是摩托车改装的，后面车斗做成四四方方的车厢，车厢内有座椅，乘客可以从车后头上车就座。司机师傅背靠的地方露出个正方形的小口，一是方便乘客付费，二是为了给车篷里传送点鲜活的风，置换里头闷热的空气。村口，稀稀疏疏站的几个闲汉和三两个妇人，在絮絮叨叨个不停。

当淡淡的月光，将南溪湾妆成一抹朦胧薄媚时，老人已然来到女儿家了。女儿正在为外孙女换尿不湿，哭啼的孩子似乎躺在母亲怀里才能安分。女儿忙里忙外，和门外母亲相视而笑，老人很重的心一下子轻松了，脸上的皱纹舒展得大大的。

一眼，纵然千山万水，只要女儿无恙，便足矣。

日子有条不紊地前行着，兰叶春葳蕤，欣欣此生意。春来了，新的意，新的希望也来了。

就在今年，县里有个新的发展策略，改善乡村交通设施，促进城乡和谐发展——村里增加大型公交车，每十分钟一趟，目的地城里。这个消息在村里不胫而走。紧闭着的荆扉都慢慢地敞开了，大家面面相觑，原来村里还滞留着挺多老人，见面了就寒暄一句："你也在家啊！"

后来的日子，很慢。老人凭一张老年人福利卡可以无限次乘坐公交车。车上有36个座，宽敞明亮，环顾四周都是本村前往县城的同辈的人们，竟不知是车里坐满的老年人的笑声与攀谈声惊扰了窗外的喜鹊，还是窗外的鸟鸣声和温暖如春的夕阳引发了他们的话题。

梧桐树

　　正值立春,朝阳带着希望落进一座座农舍里。闲暇之余,人们总爱聚拢在那棵葳蕤的梧桐树下消闲:孩童跳皮筋,大人饭后唠嗑,家长里短,诉着悲伤,聊着欣喜。拂面轻柔的风,风里氤氲着梧桐的淡淡悠悠、不疾不徐的清香。百年梧桐树见证了岁月,也承载着村里人的快乐。

　　梧桐长得健硕、高大,站定在树下仰面寻找天空的痕迹——浓密的枝叶早已堆满你的眼眸,斑驳的光影灵动地在罅隙里徘徊。我和它遥遥对望,看见一片湛蓝、一树绿。

　　梧桐树扎根在老爷爷后院。那时,我十岁左右,放学回家,途经老爷爷家后院,瞧见精美的景致:光秃的梧桐,枝丫纵横,或弯曲、或笔直。金黄的余晖盈盈一笑,洒满院墙。而梧桐,和着院墙,久久生眸,顾盼生姿。

　　从来不喜欢枯树的我,竟心动,对此,我愕然不已。我顺着院墙的光,寻到了墙上的梧桐剪影,那是一种苍凉色感。凛然的风不经意地来,枝丫摇曳,千姿百态,抖落最自然的神情。

　　从蓬勃旺盛的生命起始状态逐渐枯落,被岁月模糊了容颜,又何妨?欣然接受自然蜕变的模样。坚守是贯穿老爷爷一生的生命姿态。风和雨，繁华或冷清，坚守、牵念这份村落古老的美丽。

那年，老爷爷八十九岁，这一生未走出村落，走出这里的山山水水。

老爷爷有一儿一女。孩子生活殷实，均眷迁至城，老伴儿也跟随孩子一同进城生活。唯独老爷爷坚守这座村落，谁也劝不动，孩子们唤他"老顽童"。

老爷爷年轻时在私塾里读过书，后来成为当地的一名教书先生。他写得一手好字，每逢过年过节，或娶或嫁，或新房上梁，都会有人请他帮写对联。每逢此时，老爷爷便在屋外摆放一张陈旧的桌子，上头铺展开一张又一张六尺红色生宣，娴熟且忘我地蘸墨挥毫，横、竖、点、钩，一笔到位。每当这时候，我总能听见熙熙攘攘的脚步声，总能看见梧桐树下排着一支长长的队伍，整齐有序。此起彼伏的闲唠声顺着风偷偷溜入树缝里，钻进树下的泥土里。

他总不忘给留守儿童留上一份，待干的春联一一平铺在梧桐树下，孩子们环抱梧桐树，跳着蹦着转圈圈，时不时蹲下身去查看老爷爷为自己写的春联是否还在。

除了提笔挥毫，写得一手好字外，老爷爷还擅长拉二胡。据老爷爷说，他当年跟一位拉二胡的老师傅学过一手哩！

如今，当晚霞荡漾于天际，最惬意的莫过于倚藤椅，微闭着眼，阴凉树下，手拉二胡。老爷爷会很多二胡名曲，如《二泉映月》《拉骆驼》《珊瑚颂》《山野幽居》《春江花月夜》《赛马》。不在意天苍苍，野茫茫，只问手里的胡音，是否还在？

他曾为梧桐作词："数不清落叶，到底归根……"

乡人们瞧见老爷爷颤颤巍巍打扫梧桐树下的落叶，走起路来，斜着一边身子，有时累了就倚在树下休憩，看行色匆匆的路人。许多人笑话老爷爷，城里清福不享，独守树下。老爷爷笑而不语，像极了不谙世事的孩童，转身拄着拐杖缓缓回屋。

一日，老爷爷怀里揽着好几袋零食，站定梧桐树下，扯着嗓子吆喝道："快来吃零食啊，孩子们——"村里留守孩子居多，不一会儿工夫，听到吆喝声的孩子们，纷纷簇拥在老爷爷跟前，踮起脚，巴望着，连流浪的小猫小狗也来凑热闹。

"不急，不急，每个人都有。"

"爷爷，这个甜甜的好吃。"

"爷爷，这个很脆……"

树上云雀成群，蝴蝶、蜜蜂停歇在梧桐树上，落叶随风过。

树下，追逐、奔跑、抹嘴、笑逐颜开。

流年容易把人抛，红了樱桃，绿了芭蕉。老爷爷走不动了。终于有一天，我走进老爷爷的家，一箪食，一瓢饮，一壶酒……

老爷爷走后，梧桐也几近生命尽头。它惦念着闯入自己生命里的风有多少回；停留在自己枝头的鸟儿有多少只；手牵手围抱自己身躯的孩子又在哪儿？就像老爷爷。一生的存款也捐给了留守儿童。

一树梧桐，满墙枝丫。我才明白，老爷爷和时光握手言和，于梧桐树下，独享明朗。风吹得老爷爷心发软，树与他对望着，温情脉脉。

这一生，梧桐安静地生长着，安静地守着老爷爷，而老爷爷守护着留守儿童，老在故乡，不曾离去，只留静默。

他的生活之道

遇见他，是在几年前一次曼妙的甘南之旅。

他姓陆，当地一所重点中学的高中生物老师，知天命的年龄。后来的日子里我干脆称呼他为小鹿老师。他高高瘦瘦，黝黑的皮肤看起来均匀而饱满，笑起来眉眼舒展，面若桃花似的让人舒心，没有中年男子的肃杀之感，反倒增添了几分平易近人。家中，一只白色的狗与一只白兔，小鹿老师给狗狗取名为西西。西西已经九岁。它们和平相处，不扰，不惊。他说它喜欢独处，喜欢简单。

暑假的一次机缘，我驱车前往广州，途经他家。他则热情地邀请我。他有一个和我年龄相仿的女儿，他和我说话的语气，好似父亲对女儿般柔和、慈爱、从容。

家门口，一栋欧式的建筑，抬头细数了下，一共四层楼高。二楼的居室，摆放着琳琅满目的CD与黑胶唱片。大厅靠墙的正中央，放置着一台十三寸的液晶电视。左右两边的木质架子上摆放着小鹿老师从各地淘来的小物件：大理石制作的弥勒佛、俄罗斯沙弥、水晶球等，一个个物件摆放得井然有序，让人一眼就能感觉到主人对它们的喜爱。电视机底下是黑胶唱片机、音响，还有CD机等，格调自然、简单。地上一张绒布地毯，绣着红的花，白的边，红得醒目，白得娇艳，旧得让人觉得稳妥，暗得让人绵软。复古的味道与现代的科技，构成了一幅唯美的画。

地毯的四周随意放着各种翻开的碟片、站立的黑胶唱片，远处的有《炫技》《天地之音》《怜香伴》……近处的有《想你》《维也纳金色大厅独唱音乐会》《上善若水》……

他让我挑选自己喜欢的唱片，放入二十世纪九十年代留声机，播放起来，耳畔徐徐传来柔情蜜意的音符。他喜欢周国平老师的一句话：日子过得平平淡淡，我会无聊，过得冷冷清清，我会寂寞。但是，我更需要宁静的独处，更喜欢过一种沉思的生活。他说这也是我。

物质关系的简单，物质生活的简单，心灵则会感受到精神的高度宁静和独处的快乐。旋转的唱片在留声机里徐徐环绕，"雕栏玉砌应犹在，只是朱颜改。问君能有几多愁？恰似一江春水向东流……""我欲与君相知，长命无绝衰，山无陵……"时而弓弦激烈，乐音跳荡，时而悠然缠绵，独抱幽静。

小鹿老师说，古典与音乐天然融合，可让古典诗词以一种听觉被感知，真是妙哉！这既有对芸芸众生的壮怀激烈，也有对流年白驹过隙，如飞花飘零的哀愁。唱片有《虞美人》《送孟浩然之广陵》《胡笳十八拍》《平沙落雁》《春夜喜雨》《度梅岭》《连理枝》等十个曲目。

只要你问得出，他准能信手拈来这唱片里的故事及他和唱片的故事。

他说，一次去参加刘嘉佳广州的签售会，他买了《水流众生》专辑。会场里人山人海，那天他不想被挤出会场而错过下午悠扬的歌声，于是乎，干脆饿得眼睛发绿，也要占着好位置等候。

"我和刘嘉佳合影了。"小鹿老师一面指着照片，一面得意地说道。我定睛一看，照片里，小鹿老师虽然和刘嘉佳的距离仅有一米，但四周入镜的皆是熙熙攘攘的人影。

我笑而不语。忽然想起，沈从文在《沈从文自传》里说道："我的心总是为一种新鲜的声音、新鲜的颜色、新鲜的气味而跳。我得认识本人生活之外的生活。"音乐也是他生活之外的声音吧。一种执着，一种痴迷，就这样痴迷着，痴迷着，物质生活就简单，只要饱腹即可。

我尤为欣赏他的夫人彭老师，彭老师同样是位人民教师，个子娇小，说起话来轻声细语。每逢饭点，彭老师会在一旁端然注视着小鹿老师炒菜。或者是彭老师掌厨，小鹿老师则在一旁端碗、切菜，"不急，再过几分钟撒些葱花……"

我在一旁饶有兴致地看着他们做饭，静静地等候一顿美味佳肴，不多时，美味上桌，有猪肉炖肠粉、青椒炒牛肉、煲仔饭、咸水鸡。

饭后便是我们各自独处的时间。小鹿老师回屋里听歌、沏茶、沉思。而我和彭老师、西西、小兔在院子晒太阳，抑或我看书，彭老师带着西西到街上溜达。我曾问及小鹿老师，什么是独处。

谈及这个话题，他回忆起不久前刚出嫁的女儿。

那是六月的一个晌午，他带着女儿前往县里唯一一家牙科医院，离家约五里路。

由于牙齿矫正需要三个疗程，后来的日子里，他约好时间，便告知女儿，鼓励女儿独自前往。女儿一开始不解，怯生生地说："我丢了怎么办。"他相信他的女儿。他为女儿画了一张简易的地图，并在口头上简单地交代需要拐几道弯，过几条街区。瘦弱的女儿沿街走在路上，他则偷偷尾随其后，当看到女儿经过街道中心时，突然红灯亮了。

一脸茫然的她，陷身在马路当中，两旁是飞驰而过的车阵。他的心忽然"咯噔"一下，心似乎跑到嗓子眼，话噎住，发不出声，赶忙冲上去。只见女儿右手摆臂，示意车辆缓慢停下。小小的背影，大幅度地摆臂，随后所有车辆缓缓在她跟前停下来，此时绿灯也亮了。她拍拍胸，大大舒了口气，昂首走到马路对面。

女儿朝着马路对面的他，竖起了大拇指。他也回应一个大拇指。

他的眼睛泛起微微的潮，他说那时，女儿才八岁。

他骄傲地说女儿十一二岁时，便会自己整理行装，出门远行……

夏日的一个黄昏，彭老师扯着我的衣角，嘟囔着说："他一定又偷偷买茶叶了。这人又酸又丧又文艺，我书架上的书都不够放了。"小鹿老师轻描淡写地说，那是去年看中喜欢的，便淘来了。

晚上，彭老师把自己装书的柜子腾出来，放置于小鹿老师的居室里，一口又一口的大缸靠拢在一起，里面装满了各类茶叶。他则把大缸里的茶叶摆放在一楼客厅，他们俩正巧撞了个满怀。一个手里捧着茶叶，一个怀里抱着书，相视一笑。

静花闲看，绿意郁郁。花叶不相扰，叶花总相见。不扰，独守自己的空间，像窗外六月的天，分外妖娆。

现在，但凡家中有了什么可喜的改变，他都会给我挂上一通电话，比如四楼的阳台架起了墨绿色的遮阳棚，夏夜，可以泡泡茶，驱驱燥热之气；冬日，约上三两个好友，备一顿热气腾腾的火锅。他说在家中，热闹的同时又留有一席独处的空间，实则闲逸时光。

任他两轮日月，只管天明。摘花不插发，采柏动盈掬。我才明白，四季更迭，但与自己对话，自己独处，是一份厚重的沉思和内心与外界思想的整合。

时光缓缓流淌，留下它平日里最曼妙的生活之道——独处。

初秋的记忆，五星花

夏末秋至，天气依旧，并未因季节的更替，而显出半分凉意。傍晚下班，我漫步在街道上，经过一条狭长而幽深的巷子，一阵风，携着丝丝凉意，驱散着初秋的燥热。我感受着难得的凉意，迈着欢快的步子往前走去。抬头间，眼睛满是碧青的绿，一丛丛、一簇簇，一抹夺目的红，在绿意中跳跃着，五星花攀缘着栅栏，缠绕着绿色的茎叶，恣意生长着。这是一户铁门紧锁的人家。

我讶异于这深巷里居然有绿丛红意绕，醉人心扉，顿时润透了眼眶。它不拘小节，只要能攀住一茎枯枝或是藤蔓，便能自在生长，自在舒放星星点点。小巧玲珑的五星花，好似落在绿色的地毯上，交相辉映，装饰出最美的巷子。

五星花，是一种柔弱的植物。它的藤茎光滑，小叶子像羽毛般细细的，呈分叉状长在藤茎两边，花冠呈高脚碟状，深红色。种的时候可以用篱笆，还可以让它散落在地上，不设支架，随其爬覆地面。

五星花，有五个花瓣，像极了五星红旗上那颗颗红星，五星花的名字由此而来。五星花很顽强，即便柔弱，也要勇于攀爬。

看着那努力向上缠绕攀爬的五星花，不由得想起我家楼下那位可敬的清洁工人。她约莫四十出头，长发及腰，每天天还未亮，就出现在清冷昏暗的街道上。一把扫帚，一辆垃圾车，弯腰，俯身，扫帚在她的挥舞下，来去自如。

听别人说后，我才了解到，她丈夫因一场大病卧床不起，失去了自理能力。而她家中有个女儿，还在念书，她女儿很懂事，没有让家里操过心，成绩也在班里名列前茅。

沉重的担子落在她这个柔弱的女子身上。但我从未见过她哀愁的容颜，清晨上班路上，路面已一尘不染，我往单位方向去，她工作结束往家的方向走，我和她擦肩而过，她总是先对着我甜甜一笑，笑靥如花，花开倾城。

她像极了五星花，愈来愈"红"的力量，驱使她走向希望，小巷中，微风吹拂，翠绿的藤蔓随风摆动，轻柔的微风，也吹拂开那紧闭的心幕，尘封的记忆也慢慢开启。

春来数枝，五星最让我心荡漾。小时候，在老家窗台下伫立，俯瞰着这五星花缠绕着身旁的野草、牵牛……一个劲儿地爬满我的青砖墙，轻风拂面，柔和的风像母亲的手抚摸着我的脸，闭上眼，风中夹杂着淡淡的味道，是清香，是澄澈。睁开眼，最高枝的五星花被风姑娘送到我跟前，只是一瞬，随风又左右摇摆。

父亲在窗台下辟开一块地，在里面支起竹篱木架，方便五星花顺着篱笆架爬满窗户。我心中雀跃不已。家里有画眉，外头有五星花，就想着把鸟笼挂外头。

我寻思着，如若五星花的枝蔓延至鸟笼四周，为鸟笼增添一抹红花绿意，画眉必然欢欣不已，于是乎把鸟笼挂在窗边。可日落月升，五星花早已顺竹篱木架爬上屋檐，吹着最高处的风，全然无视这个鸟笼。原来五星花也有自己的秉性和追求。

一次我与小伙伴去郊游踏青，回来后发现篱笆桩里有成片成片的五星花，红得艳，艳得醒人眼，艳得令人心生爱意。小伙伴轻轻掐下花苞里的一粒种子。

"这就够了？你家院子那么大。"我笑着问他。

小伙伴说，一粒种子就够了，风吹过，种子足以带来满园春色……

"吱呀"的一声，开门的声响打断了我的思绪，轻轻回头，一个虎头虎脑的小孩站在门内，伸出头好奇地打量着我。看着这个小孩，我便想起了小伙伴，许久未见，不知道他现在过得如何，当年的那一粒种子，如今是否满园春色了？

念及于此，与小孩告别，掏出手机，拨通了他的电话号码……

妇人的春天

　　四季流转，最值得流连的，莫过于蓬勃向上、欣欣向荣的暖春。
　　而妇人也有春天。
　　一方厨房，似乎是家家户户都有的烟火气息，醇而不腻。缭绕的春风，暖拂消瘦的你。纵然妇人怀着落花般纷乱的心事，也已然尽皆藏匿于心底最深处。
　　妇人用手轻抚菜谱，低眸凝视，细看钻研，仰起头，浅笑盈盈，忽地想起神奇的菜肴：西红柿带鱼。当带鱼与西红柿汁液蓦地一相逢，碰撞出银白、橘红，丝丝入心扉，在妇人手中，优雅地挨着、恋着，空气中弥漫着温甜的清新之感。
　　妇人用刀背拍打蒜，傲慢的蒜，渐渐变得扁而平，无须捣碎，将其放入西红柿带鱼中，浸润入味，腥味几乎瞬间被去除，蒜味也只留些许。吸入鼻中的香甜莫过于酸甜宜人之感，垂涎三尺何止是这一道菜呢。
　　最普通、最清新俊逸的，便是妇人正烹调的这道蒜蓉虾。刀口下，整瓣蒜已被击碎成末状，撒入热油锅内爆香，"刺刺刺"的声响随即传入耳中，妇人往后挪了挪身子，手里的锅铲扬了扬，倒入些许蚝油、香油等调料，锅铲在锅内均匀翻炒，蒜末渐转了色泽，大虾也油油腻腻，弓着身子。砧板上，刀锋反着光，火红辣椒和翠绿葱花一同在砧面上跳跃、奔腾、舞蹈、游弋，红和绿，最鲜活、最夺目的颜色。妇人用手掌托住它们，轻轻放入碗中备用。

青花瓷的碗面，雪白的碗底，水极清，倒映出青白相间的虾之影，虾尾重叠，似扭打嬉闹，活灵不已。掬一片清凉，淘洗虾，待洁净，去虾线，妇人轻轻用刀从头至尾一一把虾剖开，虾尾连着身体，纤细白皙的手举起虾，摆好放入碗中，鲜味已然扑面。将碗放于锅中蒸五分钟左右取出，朦胧的热气，呛得人微咳。避之一小会儿，锅里的虾换了新衣裳，色感更浓烈，橘红色更深浓了。撒上蒜末和辣椒、葱花，沸油淋在蒸好的虾上，于甜腻之上，添了几分香味。

当妇人将一道道菜肴摆上桌时，门口传来"咔咔"的开门声，恰好是丈夫与孩子回来了。

厨房里热气腾腾，朦胧如诗如画，氤氲着妇人：白衣飘飘，红色围裙随意飘动，像一幅动人的艺术画。

家人们纷纷落座，妇人马不停蹄地往厨房里取碗筷，利索地盛满雪白诱人的米饭，松软如最纯洁的玉珠，大珠小珠落玉盘，颗颗饱满。

"谁知盘中餐，粒粒皆辛苦。"妇人对着孩子轻声说道。

"若是觉得不过瘾，下次就加些粉丝，粉丝蒜蓉虾。"妇人把头转向丈夫。丈夫眼角微掩着一抹笑意。

略淡，汤汁的香味还在唇舌间萦绕。一撮盐在妇人手中，轻盈溶入汤中，不见踪影，但味愈浓，情愈深。如春，万物明媚、明艳、明朗；如春，化作彩云飞去，何处是心之所向？

而这更是妇人的春天。

孩子和丈夫吃得津津有味，而她，已然看得出神。

妇人睫下泛着累累的晶莹，被细心的丈夫发现，妇人说只是被热气熏到了，不碍事。

115

饱饭后，下桌。各自回归自己生活的状态。嬉笑声走远，前一秒，相对坐饮，后一秒，妇人回归静谧。

厨房对着窗外的竹林，妇人默默收拾残羹剩饭，把碗筷送至洗碗池中。窗外，湛蓝的天宇，低低的云，厨房窗户的框，框住了整个春。妇人笑而不语。念及诸多往事，才下眉头，却上心头。眉宇间泛起丝丝哀愁。

手中的碗，似在水中嬉戏、翻转。妇人将其一一洗净，拭干后，整齐地摆放在橱柜里，它们如士兵般坚守着岗位，等待下一次的召集。

妇人取下艳红的围裙，托腮凝神，片刻后出门。

她步行至市场，摊位上食物琳琅满目，活脱的鱼，闹腾的虾兵蟹将，妇人望而却步。

在妇人眼中，采购将死的海鲜，是一种慈悲，她向来如此。旁人同往常一样奚落她一番。

"我只是贪图便宜罢了。"不在意的话语在清风中飘散。

妇人手里拎着晚餐的食材：空心菜、胡萝卜、香菇、油菜、鸡翅……

黄昏时分，残阳如血。窗台上洒满落日橘黄，温暖柔和，落在妇人身上，人比黄花瘦，但黄花也会绽放光芒。

到底还是心存梦想的。妇人的梦想是环球旅行，把所有的四季拥抱怀中。

妇人心中的春天，是一种春城无处不飞花的情景。

行过万里路，在踩过的道路上，回身拾掇每一个足迹。阳光进门一洒，彼此喧笑中，把春光都搬进屋里来了。

妇人还没进厨房，便娴熟地系上围裙，裙上印着莲，晃动裙摆，如圣莲般散开，承托着这美丽的"春天"。

晚餐，炙热的火锅，熏散一天的倦意。可乐配火锅，是冬日里最搭调的情意。绵绵至心间。

还未踏进家门，浓烈的味道早已霸占身上的每一个毛孔。孩子甩下书包，飞奔而来。丈夫还未归家，先喂饱学堂回来的孩子。

"我等你一同进餐。"妇人接过丈夫的手提包。

可乐置换葡萄酒，举起杯盏相互敬酒，一饮而尽不过是欣喜和满足。酒需酌，情需淡而转为浓。

窗户上起了朦胧的霜花，屋内生起了热腾的春天。

晚饭后，妇人凝睇着家人：孩子的笑靥，丈夫温暖的眸子，欢喜的心情在心泉中粲然绽放。

把自己的心事留在狭小的厨房里。曾经沧海难为水，爱情渐浓成亲情，在一道道菜肴里，诠释着最稳妥的爱。食材，绿肥红瘦，摆盘，万千姿态，牵念着。五色菜肴成为最美的春天——妇人的春天。

旧物

我去年游东北时，路过哈尔滨博物馆，一时兴起便进去瞧了瞧。博物馆里各种文物暂且不说，更陈列着一些80后、90后的记忆，浏览着这些旧物，仿若一折折自导自演的戏曲，闯入我的脑海。

自行车模具、弹珠、纸牌、铁钳、白色中间印着"囍"字的搪瓷茶杯等，这些东西如今都被人们赋予了一个意味深长的词：记忆。这是一个有着复古意味的唯美的念想词。它总会惹得人们驻足、凝望，或忧或喜，或悲或凉。

记不清那是多少年前的事了，但独自靠在我屋内墙根处的"落花"，很庆幸，它还在。

眼前是一只孤独瘫靠在墙根的金黄绒毛的布偶大熊，身长约五尺。两只黑盈盈的大眼睛忽闪忽闪的，好似真的维尼熊，着实惹人怜惜。那时我在福州工作，租了一间小公寓，可能是胆小的缘故，晚上总会提着心入眠，生怕门外有人、窗外有贼。闺密得知情况后，便将它作为陪伴赠予我。

我给它取名：落花。因为有它，我每晚入眠似有朵朵绵软的落花翩飞在枕巾、被褥，飘入梦中，甜甜的。如今，"落花"已是一个旧物，一个回不去的念想。

去年的这个时候，年关将近，按照老家的习俗，打扫屋内院落，擦洗门窗和铜锡器具，且用不着的东西、物件需一并丢弃，而"落花"，母亲嫌它脏了、旧了，还占地方，便执意要丢弃，我牢牢护着，母亲才无奈放弃这个想法，她将"落花"放到一边，忙其他事去了。

今年嫂子整理旧衣旧物的时候，"落花"就倚靠在角落，在一堆杂物中悄悄地露出小半个脑袋，似乎被周遭的喧闹吵醒般，偷着眼看。而它身上早已蒙上一层灰黑灰黑的尘土，侄女瞧见俨然庞然大物的"落花"，立马被吓得目瞪口呆，哭哭啼啼起来，也难怪，侄女的身高只有"落花"的二分之一。

嫂子遂好意地将它与旧衣旧物丢进破旧的尼龙袋里，我一把夺过"落花"抱在怀里。在阳台，对着阳光抖一抖它身上的灰尘，那一双黑色的眸子直勾勾地看着我。我担忧再给它弄丢了。屋里，嫂子略有不满，数落声略显刺耳地传来："这恐怕是某个心仪男子相赠，灰尘满身了也不舍丢弃。"我不作回应。

我曾从省城风尘仆仆地带着它归家。那时搬家，它可是将一个行李箱占得满满的呢。

母亲身体不便，手晃晃悠悠地接过我怀中的"落花"。"拿来洗吧。"我不假思索地将它推到洗衣机里，母亲反手轻轻拉着它："洗不得，洗不得。"

去年不也是这么洗的？我反问母亲。

哈哈，去年是我手洗的，它太大了。母亲啧啧地笑。

我差点儿泪水涟涟。

后来，在一次浏览网页时，有一个女子，把自己的房间布置成儿时的模样，这些东西都是拾捡而来，它们前生不知从哪儿来，但只要落入她的手，经由她擦拭、清洗、晾晒，从此以后都成了她的今生，她的旧物，她的记忆。

阳光落在脸上，身后瞬间就变成阴影。旧物亦是如此，曾是你幸福模样的写照，如今却已遗落在幸福的阴影里，即便如此，我尽我所能守护到无法守护之时吧。

我有时也思索，我们对外部世界已竭尽所能，说过那么多的话，回到自己的居室，才会那么静默吧，才需要回归从容，那么旧物就是一个活生生的提醒吧。告诉我们，不忘初心，从哪儿来，回哪儿去。这是我后来对旧物的理解。人生终究静默，像旧物，像孤独。

深山叩扉，鸟语天阔，误入别家，闲看风光，又何妨？

旧物不是一个具体物件，而是一段时光！收藏日子。

星光下的追梦人

　　夜已阑珊，我躺在床上，辗转反侧亦无眠，睁开惺忪的眼，月落在床前，洒下一地温柔。

　　凭窗而站，一幢幢高耸的写字楼流光溢彩，霓虹灯闪烁着五颜六色的光芒，如若在乡村小镇，人们早已酣睡，只有星和月漫洒清辉，点缀着静谧的村落。但城市里，即便深夜，清凉的街道上，仍旧有尚未回家的年轻人，与三两好友闲散街头，嬉笑怒骂；醉酒的人在朋友的搀扶下，吹着不着边际的牛皮；而一些刚下班的白领，拖着疲倦的身体，缓缓往家的方向走去。

　　写字楼里灯光闪烁，点点光芒透过窗口。窗内窗外，俨然是两个世界，一处喧闹，一处静谧。灯火通明的写字楼，抬头，一轮淡白的月，似害羞的姑娘，躲藏在一团乌云的身后，透过云间的缝隙，巴望着人间。却无星斗布夜空，可有那么一群人，挥手涂鸦了星空，点缀了夜的繁华。这难道不是梵·高《星月夜》中那棵不屈不挠的柏树吗？

　　此时已经是零点，对面的写字楼里，依然亮着，朦胧中，依稀能看到他们在写字楼里忙碌的身影。

　　这是福州最中心的人才聚集地。

据说，华为技术有限公司也是很疯狂的。在企业创建初期，每个员工都为了公司有更好的发展，不辞辛苦，他们会放一块垫子在桌子下边，这块垫子，除了午休时会用到外，更多的是晚上使用。因为大多数员工会通宵达旦，更甚者索性不归家，在同一个梦想的助力下，为了明天而拼搏——一群活跃于星光下的追梦人。

眼被那些光亮照亮，似不知疲惫的星星。因为越是黑暗，光明越是明媚。

凌晨四点，灯渐渐熄了一批。楼下的早市摊点开张了，摊贩们支起一根根支架，牵起一根根电线，将节能灯悬挂于支架上，他们各自忙碌着，一派喧闹。摊点前矗立着一个照明灯，如星，点亮了一个家的希望。

朔风拂面，我本能地打了个寒噤。陡然念起，凌晨四点的科比·布莱恩特——黑曼巴精神。当夜在酣睡，当你还在梦中徜徉时，科比已在洛杉矶的篮球场一遍又一遍地投篮，投篮至少几千个。那些你早起努力的时光，必将成为你的梦想。梦想闪着光，如黑夜里最美妙的星，照耀着自己，也照耀着万千追梦的人。

我打开居室的灯，举起手机拍了一张深夜的星空，我愕然了，对面写字楼的灯依旧亮着。我欣喜，为他们奋斗的脚步称赞！在路上，我把梦想装进心里。天微亮，在每个蹁跹起舞的日子里，让梦想随着星空的脚步迁移，不负时光，不负梦想。

今晚星满天，明儿好晴天。在星光下徒步，只为离自己的梦想更近一步！

一处风景皆禅意

我偏爱倚身在窗台,顾盼流连,窗外来往的行人络绎不绝,热闹极了,静静地享受冬日里难得的阳光,身子被阳光照得热乎乎的,舒服极了。

家里增添新人是最值得高兴的事。我的侄女依依,长得俊俏,生在数九天。那一缕光还是溜了进来,斑斑驳驳。我想替她收集点阳光,于是把窗帘一并拉开,靠在窗户的一旁,我静静地看着小侄女,饱满的脸蛋,甜美的睡姿。阳光一会儿落在她的脚丫上,一会儿又倏地跳到她的脸蛋上。

窗外大寒天,窗内艳阳天,将光聚拢在一起,成了小暑天。

也许是侄女喜光的原因,只要抱着她晒晒太阳,立马能止住哭闹。

七个月大时,她只会抬头,每次嫂子抱着她时,她如同扫描仪似的朝窗外望去,我喜欢触摸她稚嫩的小手,时不时逗她,听她咯咯地笑。

她慢慢长大了,会走了,会跑了,玩起来总不见踪影。有一回她又悄然不见了,全家人焦急地满屋子找她,她却弯着背,俯着身,翘着小屁股,躲在门后和大家玩躲猫猫的游戏呢。等抓到她,她却肆意地扭来扭去,自个儿爬上沙发,安静地看着窗外。

她似乎感觉不到我们的焦急，兴许小孩子天生好动吧。

我把脸凑到她脸边，指着来往的车辆，那是红色的汽车，那是人力三轮车。小区里来往的人很多，他们有的张罗午饭，有的出去扔垃圾，各在自己的世界忙碌着。

窗外的风，飕飕的，好似敲打着鼓面，倏地不见踪影，声响也戛然而止。

侄女这么专注地盯着窗外，想必她太想探索这个未知的世界了。可我又因何贪恋窗外，连我自己也难说明白。兴许，窗外是不同的世界，春夏秋冬各有不同的景致，所以我为之着迷。

拉上窗帘，阻隔着两个世界，窗内的和窗外的。两个世界既有联系，又各自独立。如佛家经常说的：心上有扇窗，一面是独处，禅意，一面是外面的世界。因此，彼此有了神秘感。窗内在笑，窗外在哭……不停变化的两个世界一直上演着不同的物是人非。我喜欢推开窗，喜欢热闹。暮色苍茫之时，我也喜欢紧锁心窗，回到自己的内心世界。人同时生活在外部世界和内心世界。外部经历可以是有形的，而内在是一个人的心路历程。正因为内心拥有坚定的信念，才能不轻易受外界因素的影响。

月浅灯深，梦里云里寻找真实的自己，告别过去，探寻未知的自己，发现现在的自己。

炙热的天，湿淥的汗。沿途，街边的叫卖，孩童们的嬉闹，香樟的气味……足以构成一幅景致，听风拂过人们的快节奏，让风带走内心的忧愁。

都说窗外窗内皆是风景，无须羡慕对方的风景，拥有的便是禅意。

一起去看雪

  细雪飘然天清凉，淡妆粉黛舞轻盈。
  遥望落雪思回旋，不见故人着新装。

  看着漫天白雪，好想认真地拥抱雪。犹记得你曾轻声低吟的那句："霰雪纷其无垠兮，云霏霏而承宇。"我看着你肆意地开怀大笑，如孩子般欣喜，而我低头浅笑，泪水却泛滥了。

  那雪地里有我们踏过的痕迹，或深或浅，慢慢地融入雪中。不舍得，那是对雪、对你的想念与眷恋。仔细端详起雪。相映远，约略颦轻笑浅。不知是我的泪水融化了雪，还是这个姗姗来迟的春天抚慰了凄紧的冬天。也许冷暖自知。

  出生在十一月应该是属于冬天的孩子。我恣意地爱着雨，却更钟情于雪。雪是冬天妩媚的尤物。可南方，雪是稀罕的，独有千飘雪点地、似雨似无形的谦卑。

  北方的雪，爱它"忽如一夜春风来，千树万树梨花开"的柔情；爱它"五月天山雪，无花只有寒"的寒美；爱它"柴门闻犬吠，风雪夜归人"的暖意；爱它"溪深古雪在，石断寒泉流"的千姿。南方，我的故乡，我用骨子里奔腾的热血来爱它。但我要奔走于一个有雪的地方。我们总是在别人的风景里仰望别人，回首才发现我们也成了别人眼中仰望的那道风景线。然而，心底有个声音告诉我，雪里隐藏着青春的消息，所以我更要奔走，找寻。

雪，不似细雨飘摇，缠缠绵绵；不似春风招展，滋润万物。然而，雪却有着属于它的色彩，它可以像任何事物，可以像细雨般缠绵，可以像个少女般高冷孤艳，亦可以像个冷酷的杀手，让周围的一切黯然失色。

雪，是天空送给大地的礼物，正如那句谚语"冬天麦盖三层被，来年枕着馒头睡"，所以北方的人们最是盼望冬天能下一场又大又厚的雪的，只为了来年能有个好收成。

每年，当天空飘起了初雪，我喜欢伸手接住它们，可还不待细看，它们便悄然消失，仿佛一位害羞的少女，掩面而过；又仿佛一个调皮的小孩，踏着欢快的步子，去寻其他的小伙伴了。雪似有形又似无形，总是悄然而至。怀念在北方的日子，白天一开窗，眼前一片苍茫，捧起一把雪，不似南方那般，稍纵即逝。细细观察，看看这晶莹剔透的花朵，如何装饰这大好河山。

洁白晶莹的雪花，不染半点污浊，在这片洁白之中，忆起韩愈曾写的"白雪却嫌春色晚，故穿庭树作飞花"。望着这点点雪花纷飞于天地间，雪落，却无声。

雪花飘零，似精灵轻舞，似彩蝶纷飞，悠悠白雪，纯洁而干净；不似人间美物，高冷而孤艳，宛若仙子临尘，以六瓣之姿飞舞，却又稍纵即逝，如时光悄无声息地从指间溜走，不可捉摸；雪花飘零，带来的不是孤独寂寥，不是思绪满怀，是希望，是对未来的憧憬，冰封万里，挡不住春风吹拂。

只要有希望，哪怕在寒冷的冬日，或是无助的境地，也会迎来春日的到来。

奔跑的"善良"

我下班回家的路上，看到水果摊在路边整齐有序地排列着，篮子里的苹果安静地张望着，似乎对树下的世界充满了好奇，看着苹果，想起一个故事。

那次去陕西参加文学交流活动，采风地点选在了袁家村。我与文友米菲儿在吃过午饭后，朝着接送我们的大巴车方向快步赶路。

这时，马路左侧清脆的吆喝声将我吸引，我回头一看，粉红的苹果对我示意微笑，让我忽然垂涎三尺，有了买苹果的冲动。

可带队老师见到我们到来，已经在不断招手催促，当我犹豫不决时，是心里的冲动让我决定停下来买一些苹果。我向一对皮肤黝黑热情招揽生意的夫妻询问："叔叔，苹果多少钱一斤？"看起来他们已年过半百。叔叔说话干脆，利索地回复说："十块钱四斤，不甜不要钱！"我们来不及品尝，赶忙说："那就给我们称四斤。"

"马上要开车了！"浑厚的声音从前方三米左右传来，司机正探出车窗扯着嗓门喊。

阿姨眉头紧蹙，继而舒展开，麻利地将袋子塞进我手里。我和米菲儿蹲下，随即放下手里的东西，挑出大大红红的苹果。

我们俩将苹果递给叔叔，叔叔看着秤说一共十一元。

米菲儿熟练地打开手机的微信付款页面，"可以现金吗？"叔叔弱弱地说道。

此时离我们不到100米的大巴车开始缓缓启动，而我们想通过二维码支付时，阿姨却自责地说："实在不好意思呀姑娘，阿姨还不太会用二维码，只能用现金。"

这时米菲儿着急地说道："算了，司机已经在催了，我们不要了吧，下次再买。"可阿姨却说："没事，你们先吃苹果，下次来了付钱也可以。"

司机洪亮的声音有如雷鸣般闯进我们的耳中。我掏出二十元递给他，提着苹果说："叔叔，我们带钱了，只是没零钱。我们赶时间，不用找了，就当我们支持您的生意了。"叔叔呆望着摊在手掌心的人民币一脸茫然。

阿姨见状，立刻抛出有力的一句："等我。"

只见阿姨接过人民币撒腿跑向了对面摊位，矫健的身躯不似中年模样。还没等我反应过来，米菲儿拎起苹果及其他特产，拉着我一同往大巴车方向跑去。

大巴车已启动，我们一摇一摆地上车，身体被沉重的行李拉得往下沉。

我们回到靠窗的位置上，卸下沉重的东西。

"这谁啊，不要命了！"司机突然急刹车，身体猛烈地向前撞击。

当车停在马路中间时，定睛一看，一位张开双臂的中年妇女，眼睛紧闭着，嘴唇抿着，头歪向一边，不知是光线刺眼，还是身体与车间距只有几厘米，身子微微地颤抖着，渺小的身躯在庞大的车子面前，是何等的脆弱！

"轰隆"一声，阿姨微微睁开眼睛，见车已停下来，深深吸了口气，拍拍胸脯，抖落沾染在一沓零钱上的灰尘，跑去敲车门，司机眼睛瞪得溜圆，黑着脸斥责道："你不要命，我们还要命呢！"

阿姨不停地弯腰点头，用右手扶着腰间部分，用万分的歉意看着司机，喘着粗气不停道歉："就占用几分钟。"只见司机惊愕地眨了眨眼睛，脸上的肌肉一下子僵住了，纹丝不动，好像一个木头人。"我如果迟一秒，只要一秒，你就没命了！"司机张大嘴巴，眉毛也皱起来，似乎头发也抖动起来。她低着头，红着脸，一言不发，环顾每个座位，目光在人群里移动搜索，直至目光和我对上时，她拭干额头的汗水，手里握着一大沓零钱。她排出一张张一元的零钱，嘴里不停地点数着："一元、两元、三元……"

"你点点看，有没有错。"我接过一沓零钱，好奇地问道："您可以不用找我们，你们这么辛苦。"眼前的她鼻尖上缀着几颗亮晶晶的汗珠，眉毛无力地向下耷拉着。

"我和老伴儿最近在学汉字了，边学边等我们当兵的儿子回来教我们使用微信。"她说道，低下头，补充了一句，"对不起，有没有耽误你的行程？"大概是由于长期在日光下暴晒，她黝黑的脸颊，如苹果一般的粉红。

我靠着车窗，手里紧攥着一沓浸有汗水且有褶皱的零钱，车已发动，望着远方，只见阿姨笑着连连招手，和我告别。

我和她仅有一面之缘，但她却用奔跑的"善良"，提醒着我，赚钱于他们而言只是一部分，更多的是坚守土地，坚守一份诚信，坚守一份劳动人民的质朴！

嗜雨

我爱听雨,爱看雨,爱有关雨的一切。

当雨如同帘布一般从天幕倾泻下来,那淅淅沥沥的雨声,就是最美的歌曲,我会沉醉其中,感受它的点点滴滴。

犹记儿时下雨的时节,屋里的光线明显比平日里要昏暗得多,纵然白炽灯在摇摇晃晃,闪烁不定,发出橘黄的光亮。这时候最适宜撂下手里的活计,惬意地静听雨之弦音。那时的我,总喜欢站在屋檐下,将墙上的黄土轻轻抠下来,与哥哥在白灰墙上肆意地作画。蓦然抬头,灰瓦层层叠叠地铺满整个房顶,雨水顺着半弧形的瓦片滚落下来,落在地上、庭院里,而门头上蒙络着缠绕的绿藤,在偏漏的瓦缝间,淋漓而下的雨丝间悄然滋长,晃动着,妩媚着。瓦房的檐下,那些叫不出名字的绿色植物自由生长着,那是我家亘古如斯的温暖颜色。四季流转,绿植青了又枯,枯了又青,母亲没有刻意打理,任其妖娆。我以为他们都不甚爱它,后来才觉知,绿植是因雨的润泽而越发绿意盎然。而屋顶瓦缝间新萌芽的植被,当空舞长袖,内敛而多姿地爱着雨水——生命之泉。瓦却因风雨兼程,越来越陈,颜色越来越深。那是岁月的证据,更是生命自然的征程。

潺潺清雨濯我心,我与雨相惜。那声音格外好听,时而高亢,时而低沉。我摊开掌心试图接住它们，可一伸手竟被调皮而冰凉绵软的雨点刺激着，冰冰痒痒的。和雨互动，似有无限的乐趣。透过雨帘，我见邻家的小伙伴在屋内玩耍，便大声唤着、嚷着、笑着。

窗外正下着雨，母亲在锅灶旁窸窸窣窣地烧饭，见我和哥哥在屋外玩雨，便唤哥哥回屋看书，不多时，里屋便传出哥哥琅琅的读书声，一句句"长风破浪会有时，直挂云帆济沧海"的声音盖过了那些雨声。少时看雨是雨，常常托腮愣神，抑或禅意地沉思。那时候，它们就是我的好伙伴，当父母、哥哥都在忙活自己的事情时，若能邂逅一场雨——无所谓雨丝风片，抑或滂沱大雨，我便能理所应当地放下所有事情，"下雨嘞，有空再说"，享受这静美时光，凉风送雨香，屋内日常音，不如独身鸣奏雨弦，恨无知音赏，屋墙上挂着蓑衣，回眸一笑，行至街巷中，将恍惚的时光寄存在这雨中，更甚"青箬笠，绿蓑衣，斜风细雨不须归"。

我偏爱伏在窗沿，倾听雨点落在瓦片上，悄然演奏出的美妙乐章。不同的雨，演奏出的乐章也不同，细雨绵绵时，雨点温润细腻，时常会听到雨滴的声音，然而它却像调皮的孩子，让我找不到它的痕迹。听不到雨丝落在青青草地的声响，雨点儿似乎像断了线的珍珠，大珠小珠撒落一地，却找寻不到它的身影；雨丝又似绵绵的湿湿的烟雾，没有形状，也不出声响地拍打着地面；大雨滂沱时，演奏出一曲慷慨激昂的音乐；当雨水时断时续时，又演变成绕指柔。当雨水汇聚，顺着瓦的缝隙流淌而下时，如珠帘般滴在地上溅起朵朵水花。伸手想要接住这调皮的精灵，它却又顺着指缝轻灵地逃走了，留下那小小一摊水渍，我想它一定很孤独吧，如同我一样。静静地做自己，无心看他人瓦上霜，但就这样一场旷达明净的旅行，在潋滟的流光中，属于雨，也属于我。

如今我在县城工作，遇见最多的莫过于钢筋水泥，柏油马路，高楼林立，连墙接栋。大家各自忙活，各自在自己的世界里奔波游走。少了雨的陪伴、掷地无声却轻漾起的水波，在人群中略微变得有些孤寂。一旦雨浇醉我躁动的心绪，伴我清寂，与我同行，是何等无穷真意啊！

　　一次，我和朋友们前往杨家溪游玩。本来晴朗明亮的天空突然乌云密布，霎时间雨从天而降，铺满整个枫叶林。光亮忽明忽暗，我们淋了个畅快。雨从天幕倾泻下来，在枫叶林中像一场色彩斑斓的电影，而我们仿佛成了忠实的观影者。阳光穿林而过，不知是雨点缀了光影，还是闪闪的阳光把雨照耀得像极了串串透明的珍珠。

　　雨点坠地时，节奏有序，闭上眼，反正一时半会儿也离不开这座枫树林，那就干脆仰面躺在木藤椅上，闭目，静静地聆听雨声，一阵又一阵凉风缓缓地拂面而过，夹杂着绵绵雨意，停歇在双肩、脸颊，睁眼已找寻不到雨的半点踪影。此时眼里、脑海里、心府里，满是成片成片的雨。

　　雨与我，我与雨，它滋润着我的心田，让我在孤寂的城市找到美好的回忆！

　　我企盼成为一株雨中的莲，半睡半醒地绽放着，悠然听着这千古的风雨的故事！

化作一朵莲

莲，自古有之，象征着坚贞与纯洁、谦逊、恬谧。而莲花在1985年的时候，就被评为中国十大名花之一。

爱莲的人，何止我一人！脑海里忽然想起：予独爱莲之出淤泥而不染，濯清涟而不妖。

那是六月的一个傍晚，我坐在秋千上，小脚丫顺着摇曳的秋千一前一后荡悠，风儿像妩媚多姿的小姑娘，时而跳着闪现在我的左边，撩拨我的衣裙；时而闪现在我的右边，吹起我几缕发丝；时而在我周身跑来跑去，驱散了夏夜的燥热。暗淡无光的天空好像一个大窟窿，余晖从窟窿里钻出来，橘红色的，很柔和。

夕阳金黄，湖水金黄，好似连自己也被染成金黄。

"这可怎么办？衣服干不了。"室友的自言自语，搅醒了睡梦中的我。她深深地叹了口气，僵硬的面容显得无助又无奈。我揉了揉惺忪的眼睛，由于连日的闷热，洗过的衣服如鲇鱼一般垂挂在室内，耷拉着脑袋无力地看着我们。

我记得楼顶有个天台，应该可以晒衣服。我似乎成了那些"鲇鱼"的救命稻草，于是我迅速地将衣服抱在怀里，寻遍天台各处未发现可晾晒衣服的地方，这时，耳畔的风吹动着秋千，传来咯吱的声响，欢喜之余，我将衣服整齐有序地晾晒在秋千杆上。

转过头的一瞬间，我猛然发现满盆的荷叶绿得喜人。

室友兴奋地说："多美的荷花！"室友掏起手机，一会儿蹲下，一会儿踮脚，试图寻找最好的角度拍照，而我静静地凝望。水面上鱼儿吹起了泡泡，阳光柔和地将光线分割成无数的线条、面、片，趴在陶瓷仿古缸里，水质深沉而静雅，不知是光随水动，还是水随影动！

忽然想起，花开清晨花落夜半，这究竟是荷花还是睡莲？于是手机搜索，才得知是睡莲。睡莲的花瓣狭长，叶子比较窄比较尖，荷花叶子较宽大且圆，有的呈椭圆形。睡莲属于浮水植物，荷花属于挺水植物。我只是猜对了睡莲的名称，却没有如此深入地了解过它，也从未真正欣赏过它。

在佛教和道教，莲代表着修行者，从浊世而来，历经苦难，历练成就。而民间各地都有属于各地特色的节日。可见，爱莲之人何其多！它的高洁淡雅，不为污浊而染，像许许多多无名的英雄！

一莲一世界，一花一感恩。如若静心，呼吸间皆为清净。我看莲，莲也在看我！当善遇到美，心愉悦；当美遇到爱，心欢喜；当文遇到莲，心净润。余生化作一株莲，袅娜在水中央！

声音

我聆听过许许多多的声音,但有的声音在闭眼后才能真切感受到。正是这无数的声与音的纯然交织,将世间浑厚的交响乐曲,演绎成动人的乐章。

三更天,一声紧接一声凄厉的猫叫声,冲向天际。猫咧开嘴角,让声音带动气流,响起阵阵悲鸣。

酣睡中的人,恐怕会翻个身,继而入梦,只恐这猫叫声早已硬生生地闯入你的梦里。

城市里,极少有猫,更少有猫叫声。这突如其来的凄厉叫声,惊扰了多少原本香甜的梦。"喵喵喵"的叫声,持续有半个多小时,我有些不安,轻叹一声,心头一紧,起身踱至窗台,欲让它就此打住这无消停的声音。我掀开窗帘,推开窗,却又本能地缩了回去。

玻璃窗上,淡淡的雾气,而窗外却是黑洞洞的,伸手不见五指,沿街两旁的柁果树缀满灯带,亮闪如满树银花,窗外,夜半,凛冽。陡然发觉,我是真的找寻不到它的身影,唯有叫声是我能认识它的唯一途径,也许天明,我们依旧不相识,不,今天本就不识。那么就成全了它吧。毕竟这也是它仅有的梦,或是呼唤同伴,或是寻欢,又或许它只是对着月呼唤，但终究这声音是你和我唯一连接的凭证。

你的声音，你的呼唤，是你最纯然的状态，也是自由之声。

我眉头舒展开，侧耳听这小家伙的叫声，时而如淅沥的细雨，时而如瓢泼大雨……

大自然的声音，以它原有的姿态传送给我们。

当你行至山林中，闭眼，听风声穿林而过，怯生生地来到你面前，绕着你的腰肢，抖动你的衣角，它调皮地掀起你蓬草般的乱发，又跳跃在你的脸上、手上。"呼呼——"似有人耳语。这样的风，像极了《诗经》里的莲开。

脚下踩着大小不一的水洼，鞋子从来不在意你是否知道你的脚底下还有一双鞋，踏着风声、雨声，发出自己应有的声音，"啪嗒啪嗒——"

忘了也罢，它与你同日而语，同看天与地，山川与湖泊。

鞋子也会嗒嗒响——那是鞋子在履行着自己的使命之音。

山壑间，"哗哗——"一片清泉石上流。想必是从山顶或山涧里出来的。随着脚步的靠近，清泉声由弱渐强，似身临其境听一曲来自大自然的乐曲。清泉撞击石头飞溅起水花，如一个弹簧球在孩童的手心拍打下，落地即刻反弹。水至小沟壑，汇聚一堂，柔情似闺中人，轻梳发，轻抿唇，待良人。

清泉的声响和海相比，实在无法比拟。但水声涓涓，顺流而下，无须丈量清泉的长度，淡然的心境，洗涤着青山与百草。

有人说，一个人一生须独身看一次海，听一回海，呼啸的海浪，卷起千层浪，波动的浪叠起、翻滚，直至来到你的脚下，浩渺在你眼前，淋漓尽致，尽显本色。在狂呼的水面前，我们真的很渺小。在浩瀚的大海面前，我们不过是一只蜉蝣。自诩多么伟大的人，一心装满海的人，想必能放下小小的我。

浩渺的海面之上，咆哮之声，是生命应有的声音，流光容易把人抛，趁着年少轻狂，迎着奔腾的海浪，直面"长风破浪会有时，直挂云帆济沧海"的人生吧。

俯身敛气静听山林里茂盛的小草拨动泥土的声音，累了，便席地而坐，以天为盖，躺在草地上，身子翻转压平绵软的草地。它们不惧岁月更迭，我本寂寥，我本是我，葱绿是我，生长是我。

绕过清幽的小径，忽见河岸边泊着零星的竹筏，清清的水影，荡着大小不一的船只，徐徐悠悠。风过水漾，水漾风影。流水的汩汩声，声声丝丝入耳。时光就在这水波里逃跑了，跃入河底，但岁月到底是要走的，从来不跟你商量。

河岸上站着几个健硕的壮汉，酱色的皮肤，嘴角露出平和的笑，夹着烟，袅袅的烟缕和着他们的话，袅娜着，洁白而湿润的巷陌，蹿出三三两两的孩童，笑着，跑着，踢踏声、笑声温柔了整个巷口。不谙世事的声音最嘹亮最纯净，沿街孩童端着碗，吮汤声、喷嚏声、喃喃自语声，古朴的村落因声而灵动。

我唤着熟识孩童的乳名，他们张着嘴，喘着粗气，迎着风，风声携着趿拉着拖鞋的孩童，飞快地跑到我身旁。我笑着看着身旁的他们，俯下身，同他们寒暄着，侧耳聆听着他们的故事，精彩纷呈处，我竟咧开嘴笑出声来。

但最让人心疼的是，森林里的野生动物发出嘶吼声：放过我，凄厉、不安，悲鸣、呼喊声从森林移至狭小的贩卖场——冰凉的铁笼里。铁笼的缝隙却使它们无法探出脑袋而发出阵阵嘶吼，爪子试图从铁笼的缝隙伸出，却因不慎被铁笼卡住而叫唤、哀鸣。

世间总是不乏有士气的呐喊声、呼吁声，钟南山、李文亮……警醒着我们。

漫步云端，以漠然的姿态俯瞰烟火尘世，敢问，谁又能做个局外人？这互通声息的天地间，万事万物同日而语。时刻听见它的竭力呼喊与呢喃细语。告诉它：我们都在。

婚礼是场"书宴"

参加过无数场婚礼,给我感触最深的是闺密那场。

我和几位好友前来帮忙,只见庭院大门贴着夺目的"囍"字。两姓缔约,终是天地可鉴。

闺密的父亲戴着一副黑边框的老花镜在院里的小桌旁挥毫,字写得遒劲有力。

我好奇地上前与她父亲攀谈了两句,怪不得字写得好,连文采也是没得说,原来他曾是二十世纪六十年代县城第一批北京邮电大学的学生。

这不禁让我想起,闺密在小学五年级时参加"心蕾杯"校园作文大赛,荣获一等奖,原来背后有一位伟大的父亲。后来我才知道,她父亲在写婚礼致辞,他希望自己的女儿,踏上幸福门,打开幸福锁,走向幸福路!

他把美好的祝愿都一一写下来了,但一直不满意,反反复复修改了无数遍。

我亲眼目睹了这场与众不同的婚礼。

闺密出阁那日,鞭炮声此起彼伏响彻四周,只见她母亲把簸箕放在闺密的头上,小声地说些什么,只是周围的鞭炮声盖过了一切,听不清她母亲说了什么,但我清晰地瞧见她眼睛里噙满泪花,鞭炮声骤停,她也慢慢止住了话语。大概是为了让话语弥漫在门口,转换成风吧,见风,就见爱,见雨,就见爱。

"记得那封信。"闺密临走时朝里屋的父亲说道。他并没有向前,只是用力地点点头,倚在里屋的门框上,不知看了多久,又转身回屋。

父爱无声,就如当日,喜娘在闺房中给闺密梳头、造型,闺密的父亲在门外唤我过去,问里面还有哪些需要帮忙的。"不用不用",我笑着摆了摆手,同他说道。他只得作罢,在屋外来回踱步。

婚宴上,司仪宣布请新娘父亲发言时,我想,这会是怎样的一场独白?这或许如江水滔滔不绝,又或者如清泉涓涓细流。

她父亲缓缓上台,接过司仪的麦克风,第一句话我听着格外清晰:"对不起,我的女儿。"

他说,女儿婚期将近,百感交集。自己写了近二十封信,撕了又写,写了又撕。他不懂用怎样的情感去写这封"分离"信。他舍不得。他知道"分离"是必然,却在三更天、五更天回忆起涵涵(闺密名字)的过往。但他明白"分离"不应只有忧伤,还有喜悦。

是啊,很多时候,一封信怎能写尽所有对女儿的爱意。一封信太短,写不完所有的爱;信纸太薄,承载不了厚重深沉的爱。信,只是信。但爱,却是用一生去书写,岂是薄薄的纸页能承受。

"我不想打草稿,正如人生没有重新彩排的机会,愿最美的只能前进的岁月,与你们并肩前行。"语毕,闺密的父亲抱着一摞厚厚的书走过去,众宾客不明所以,当他将书递交到闺密手中时,闺密泣不成声,这时,大厅中响起一片掌声。

看着他们父女二人相拥而泣,我脑海中回荡起一句话:儿女前面的光阴同父母亲背后的光阴成正比,只是儿女们觉得前面的光阴无限美好,可以展望,而父母亲觉得背后的光阴可以回忆,于是喜欢回忆往事。两代人在时光面前,诉说着各自的爱,只是此时,文字终究难以言表……

悬铃花开

　　一年一度秋风劲，不似春光，胜似春光。重阳节的清晨，天空飘着缕缕清雾，天还未亮，素白残月悬挂于天际。清冷的月光落在高低不一的树上，显出或微亮或幽暗或参差的光影。

　　到底是登高望远的好时节啊，深吸一口气，满心满肺，清新透亮的空气在流动，还混杂着青草湿润之感，不妨肆意地高歌一曲吧！

　　我同老友借着灯光与轻柔的月光，拨开层层的小径荒草，润湿之感扑人面，微微发凉。登顶而行，昂起头，长松粗大的枝叶纵横交错，万顷苍翠，枝叶伸向对面的长松。仰着头，望久了，脖颈略有些酸胀，低眸，树影在山路中间晃晃悠悠。

　　光和影是一曲绝妙的和谐曲。踏着光影，因为走得慢，行至山顶时，天已大亮。远眺群山，眼前蓦地一亮，森林那毛茸茸的绿，映满眼，好一幅大自然的画面！这时，鼻翼处突然绕了沁人心脾的馨香，我顺着这缕缕不绝的香气，来到一处灌木丛旁，只见一株一两米高的花树，饱满的花朵垂吊在花树上，像闺中少女不小心打翻了胭脂盒，羞涩且内敛，娇艳欲滴之下，还沾着点点清晨的露水。我踮起脚尖，恐踩扁了些许刚落下的花朵，那些玲珑的花朵，似天神遗落人间的铃铛，在山涧中，任时光侵袭。它有五片橙色的花瓣,每片花瓣上嵌着红色的网纹,花瓣略微有些向左卷曲,花如铃铛一般,而细长的花蕊调皮地探出花瓣,好奇地打量着这个世界,甚是惹人爱怜。树下片片花瓣铺陈开来,枝头上的花瓣安然自如。树下的仰头注视着,随风飘扬,花枝招展;树枝上的花,低眉俯身朝着飘零地上的枯叶静静地笑,静静地守候。

好友告诉我:这是一株悬铃花,虽然它一年四季皆在开花,花期长,但生长于高山之巅,实属不易。这是高山上仅有的一株悬铃花。

我饶有兴趣地继续听。

悬铃花不但适合于庭园、绿地、行道树的配植,也可以列植为花境、花篱或自然式种植,还可剪扎造型和盆栽观赏。而且,悬铃花具有吸附烟尘和净化空气的作用,还可供厂矿污染区绿化使用。

我取出紫砂杯,老友提起小水壶将我的杯子斟满,热气蒸腾,袅袅娜娜,似要同这山、这云、这花,叙着它们密密匝匝的情话。

山中的天气,如孩子的脸,说变就变。霎时天边乌云压顶,一阵狂暴的山风毫无征兆地扫荡着电视塔与山下的村庄,摇撼着悬铃的躯干。我忽而打了一个寒噤,鲜有兴致登山,便不在意晴日雨雾。

还来不及打伞,雨就哗啦啦地下起来。回眸花树,绝世独立,枝条摇曳垂下脑袋,依依不舍地挂在树枝上。枝杈上点缀着鲜嫩橙黄的花苞儿,绵软的橙,不落痕,从一簇一簇的绿意中夺目而出,随风摇曳,藏匿在绿意中的亮橙一瞬间现出来,好似生命的颤动,在无声地向大自然宣战。

雨点吧嗒吧嗒地滴落着,我在花下,雨点落在脚边,落地时激起一圈又一圈的涟漪,悬铃落英如同一条条跳跃的鱼,在清清的池塘里摆着鱼尾。涟漪与涟漪相互碰撞,又向外扩展,带着悬铃花瓣自由欢腾着。

静看雨中欢腾的悬铃花,不觉忆起我的密友,她像极了悬铃花。她长得小巧可人,没有出众的才华,亦没有殷实的家境。那年她告诉我,她想成为一名优秀的程序员。后来她转学了，我和她也断了联系。

时光游走，岁月搁浅，重逢之时，她始终抱持自己的梦想，终于迎来了自己的花期——她已是一名IT行业中的佼佼者了。悬铃花半开半醒，于孤寂之中烈艳地开了一树花，展露着一种炫目的、无法企及的妖媚与骄傲，梦想落定心头，素净中有浓烈，安笃中有静气。

山雨来得快，去得也快。不多时，风停了，雨渐渐小了。我移开伞，仰面，悬于枝头的花还是多数，而有些梗上只留个小小的花苞，抑或几根在微风中摇曳的花蕊，还有的因雨水的润泽，悄然绽放最美的"铃铛"，那样寂，那样艳。那沾着湿气，倒挂枝头的它们，纵然与我相逢应不识，可此刻正直愣愣地端详着我呢。

淡香幽远的艳丽，独自开在象山，少有人迹的地方，身处绿萍深处。我的眼眸里只有悬铃花。

"你知道为何这株悬铃依旧安然无恙，长势喜人吗？"老友的话打破自然的寂静。

我愕然，惊了半晌，一时语塞发呆了很久。

因为有旁边的两棵挺拔的长松相护呀！

此时天早已大亮，朝阳满天，浩浩荡荡地倾泻在连绵的山峦。悬铃花开，开在象山之上，用它的平凡书写烟火人间……

第四辑　百味，流光

生活的艺术

生活里氤氲着气息，四海八荒，皆是艺术。

一

漫步街头，一家新开的咖啡厅吸引了我的目光，它好似散发着中西方艺术结合之美。

当我踏入这家新开的咖啡厅，轻柔的小提琴曲缓缓地传入耳中，我感觉整个身心都松软下来。正当我沉醉于这柔和的音乐时，迎面走来冲着我微笑的服务员，她笑起来嘴角微微上扬，露出两个小小的梨窝，让人备感亲切。环视一周，咖啡厅的四周墙上挂着印象派风格的画，在昏黄灯光的映照下，显得若有若无，仿佛蒙了一层面纱，似有"犹抱琵琶半遮面"之意，使人有种欲要揭开神秘薄纱之蠢蠢欲动之感。咖啡调制区域设置了一个玻璃橱窗，与吧台齐高，里面放置了各类小糕点，让人食指大动。店内座椅摆放井然有序。

我择一靠窗的位置，点了一杯拿铁。拿铁上漂浮着棕色的爱心纹样，我极少喝咖啡，即便喝，也只爱最初的味道。今日得了空闲，端然静坐，独自慢饮，咖啡的淡淡香气扑鼻而来，手握着陶瓷口杯，温温润润。可我不忍搅乱这柔软的爱心，但香气入鼻、入肺、入心，好似浮在白茫茫云里的童话公主。轻轻抿上一小口，先是在舌尖甜一番，入喉时有种淡淡的苦味。就这样含蓄地品味咖啡的丝软，耳畔除了婉转悠扬的古典乐曲，还不时传来四周客人含糊不清的闲聊声，他们似乎也不愿打破这偶有的闲暇时光。鼻间饱嗅着拿铁的香味，这一切，似在平复平日里躁动的心，心在休憩时越清静，如一叶扁舟，似乎越能打捞起不舍昼夜流逝的年华。

我侧着头，用手支着脑袋，欣赏着窗外的景致，黑夜还未彻底到来，可路灯早已为这城市带来光明。川流不息的车，不间断地驶过；刚下班的白领三五成群，嬉笑而过，而我，倚靠窗缘，细细地品着杯中的咖啡，感受着落入咖啡里的时光，静品另一番生活。

沾唇知其味，美食便有了它存在的意义。但每个人倾注的意义皆有不同——各有其心，各有其情。

于我而言，艺术，落入咖啡里，抿之苦味，回甘甚甜。

二

生活本身是一本厚厚的书，一本可以让你真真切切地感受到世界的书。

已是初春时节，楼下曾因寒冬腊月而略显凋零的空地，已然泛起青绿点点，焕发出勃勃生机。我站定阳台俯瞰，心内一片欣喜，走出门，张开双臂，恣意地躺在绵软温润的草地上，抬首展颜，雨后清新的天，蓝得不可言说。转过身，背朝天，是一幅"天街小雨润如酥，草色遥看近却无"的春景。原来生活已是最动人的诗篇，无须雕饰，而是浑然天成的艺术。"生活不是缺少美，而是缺少发现美的眼睛。"

我猛然闯入一幅秀丽的画里：生机勃勃，草色连天，游人闲散，孩子们奔走玩闹。艺术纯粹得无遮无拦，自在得散淡静美。

如若未能亲临生活，怎会知晓悠然自得的闲情；怎会感受薄雨收寒，春意空阔的心境；怎么亲近波暖绿粼粼，燕飞来，好是苏堤才晓的湖水。

布丹曾有感而发："当场画下的任何东西，总是有一种以后在画室里所不可能取得的力量……"大自然是场声势浩大的艺术，或悲，或喜，或冷暖，或圆缺，而我们的艺术就来源于自然，与自然相知相守吧。

三

倾听窗外雨落之声，不问他人瓦上几层霜，不看明月月弦几重天。

与好友相对坐饮，煮酒烹茶，茶之清香，顺着壶口袅袅娜娜，卷起千层雾，雾入窗棂，朦胧了窗之眼，朦胧了窗外的景致，又何妨，看得清的，未必是真的。茶入紫砂杯，手与温润如玉的紫砂杯递换着温度，杯中普洱最温馨，温朴感人心，荡起妥帖的暖意久久不散去。

看着普洱在杯中翩跹起舞，倾听着老友杯中的故事，茶外的人生，欢声与笑语，愁思与倦容，已然是生活的本来模样，更是无可复制、特立独行的艺术。杯盏中茶雾袅袅，微风携着细雨，轻落在窗棂，轻品杯中香茗，在这片和谐中，执恬静之笔，以生活为墨，欢笑为彩，轻轻勾勒，慢慢点缀，构建了一幅平凡的画。美？或许未必，然而却真实。艺术流转于生活间，透露出美妙的点点滴滴。

窗外的雨不知何时停歇，窗内的故事，触到动情处，忽而潸然泪下，如一场新雨，潇潇来兮。故事会有终结时，哭也是一种疗愈。生命如新抽出的嫩芽在枝头颤动，发出"青年"的声音与力量。

心头紧闷时，酌一壶花茶，与美事再度喜相逢。

四

"孤独和喧嚣都难以忍受，如果一定要忍受，我宁可选择孤独。"孤独是人生常态，是静思的艺术，是独自承受苦难的艺术。

当喧闹、嘈杂静息下来，和孤独中的自己对话、交流，抑或批判、和解，此时无声胜有声。抑或休憩，孤是一种执着，独是一种态度。

当你取出相机，捕捉到孩童挂着鼻涕的样儿，心生怜爱；渔翁悠然垂钓，怡然惬意；木匠推动手中的刨子，卷卷木屑，缠绕精致；厨师拼摆菜肴，色香味俱全；陋室里，青条悬垂案前；巷陌人家，炊烟袅袅……幡然醒悟，也许这才是最真实的一面，最纯粹，最动人心。

福柯说：不知道从什么时候开始，艺术成了一个专门的行当，难道只有画家画画，音乐家作曲，雕塑家雕刻，文学家写小说，才是艺术活动？这些艺术家成了凤毛麟角，这些艺术家只是生活中一小撮的人，生产艺术品成了他们这一小撮人的行当，他们专门生产艺术品，难道人的生活不是艺术品吗？

人人都是艺术家，人为艺术而生，只不过我们皆是最真实的戏子罢了。用本真去修缮自己的心，活出当下至善至美的生活，于悠悠尘世间，艺术已诞生。

活成烟花

　　枯叶舞动，白昼变短。窗外烟花，此起彼伏绽放着，还来不及细看，它已御风腾跃上升，红绿交织蔓延开来。

　　烟花为黑夜披上了一层五彩斑斓的羽衣。我时常在想，烟花的绽放，是为了渲染黑夜，还是为了在最后一刻，留于人们的心间？

　　一束烟花，妖娆一瞬，终究不过是角落里的尘埃，只剩浅浅凉意，无人问津。若于平凡之中绽放生命的姿态，便可为孤寂的夜空谱写一篇短暂却壮阔的诗章。

　　如若生活是一场曼妙的烟花盛宴，多好！但转念一想，烟花易逝，凄美凉薄。

　　人的一生，远避凡尘，寻找一处地方安置而立之年的惶恐和禅意，简洁至美，明澈无言。

　　人生驿站里有停泊、休憩，有何不好？做不一样的烟火！

　　人生旅途中有三两个知己，共度悠悠时光，推绿盏，换心情，谈古今，不说寂寞好热闹好。

　　我愿意活成一枝花，而非一束烟花。

　　年少的我们，鲜衣怒马，执着于奔腾不息的岁月中闯出自己的一番天地。年少的我们，将努力与梦想画上等号。

我出发，只想证明我和世界有着千丝万缕的联系。

我曾用记号笔在地图上圈出我所行经的地方。我执着于每一处山川、河流、草原……我无力抗拒世界的美，我朝她奔去，大声地唱："我愿意为你忘记生活的酸痛。"我不眠不休，只为在华山上看日出。我乐此不疲地收集玉龙雪山的讯息，只为一睹她的芳容。我夜游河畔，只为享受塞纳河的晚风。

年岁渐长，我放下手中的笔，用脚丈量世界的宽，用深眸凝望世界的美。

如今，我喜欢行走，三两个人结伴；或孑然一身，接受生活中另一种状态。

慢走，成了我最爱的姿态。

静言，成了我最爱的禅意。

孤独，成了我最爱的方式。

我愿意抓住生命的每一瞬间。

据《唐史》记载，最初的烟花是李畋借鉴了打猎用的土铳，将硝装入竹筒后做成的，而李畋因为这个发明，深得唐王器重，被封为爆竹祖师。后来李畋将这门手艺传给乡邻，造福桑梓，得到百姓的尊重。

每年，无论过年或过节，家家户户都会燃放烟花，既是对节日的祝福，也是对美好生活的希冀。

我在甘南九曲黄河第一湾遇见一位来自藏区的小女孩。4000多米的海拔，首次高原反应，鼻子堵塞，好似鼻血会在猝不及防的瞬间喷薄而出。我寻个安静地方，靠在栏沿上沉默。那个女孩七八岁，赤脚，由于日照充足皮肤被晒成棕褐色，两颊泛着独属于大自然的高原红，风过，仿佛要把她柔若无骨的面庞吹得炸裂。

小女孩惊讶我竟未去欣赏惊艳的美景，来此的人，大多寻求心安。

计划里的事一定要完成，才无憾。

我和她攀谈起来，她热情地告诉我：大自然是一位美丽的老师，永远不会离热爱的人远去，来甘南支教的老师来了一批又一批，大多数是受不了这里的气候，她也能理解，但是她记得每个老师的面孔。

"我喜欢读书，长大了我要留在这里教书。"小女孩的眼神略带坚定。

她如同烟火，一瞬间闪耀我心头。坚守真的自我，我是第一次遇见。我躲开人群，成就自己的慢节奏，成为自己的烟火。而她，观赏着日复一日的游人，嬉笑目送。她终将乘一叶扁舟回自己的港湾，把自己的生命演绎。

她把小花悄悄戴在我的发梢上，我莞尔一笑，她的微笑如同烟火，绚烂不止。鲜活的花瓣将她棕褐色的肌肤映衬得愈加鲜明。

她生命中遇见的烟花，是一位位来自全国各地支教的人民教师，他们在小女孩的心中绽放出万千烟火，似一场盛宴。

我也在心中绽放着万千的烟花，只因遇见生命中每一个不同的人。

时光还在，我们却不再年轻，许多纷繁的故事从容不迫地老去，而小女孩如烟火，一直绽放生命的美好。

人间巧艺夺天工，炼药燃灯清昼同。只愿活成一片烟花，星星之火也能燎原。

冬之雪

  天地有乾坤，一年有四季。春夏秋冬，四季更迭，生生不息。而我钟情于冬，找不到任何借口不爱它，却也找不到理由证明有多爱它。
  当秋姑娘晃着脑袋，披着一身薄缕的衣衫轻轻地扬长而去后，没有人记得她来过几时，离去几何。风萧萧，地苍苍，树上的红叶眨眼间素白了，跌跌撞撞地落在行人的肩头、脸颊，不知不觉铺满一路。
  都忘了冬之雪是何时闯进每个人的梦里。晨起开门雪满山，雪晴云淡日光寒，大地换上了一身素白的新装，树上、屋檐上、电线杆上、马路上，只要是雪之孩童能望见的地方，它们都调皮地爬到上面，挤眉弄眼地看着这个美妙的世间。
  梧桐树直挺挺地站立着，花朵们也羞答答地闭目养神呢。三三两两的小朋友都蹦蹦跳跳出场，玩雪球、打雪仗、滑雪、堆雪人，玩得不亦乐乎！都说瑞雪兆丰年，南方的雪是别样的景致，不紧不慢，就这样缓缓而来，映入人们的眼帘，闯进人们的心田。
  是的，冬天是洁白无瑕的，它不像夏日之炙热，也不像春天之妩媚，它冷寒无声却傲骨铮铮，看尽人间百态依旧高傲从容。
  冬天，田里、水里，一片银霜。在瑞雪的特殊关照下，它们只是静静地享受这一刻的冰凉。而冬日里的阳光是和煦的，是温柔的。

　　光阴爬满我们身上的每一寸肌肤。天空微微泛白之时，人们便挑起这厚重的生活担子，分不清生活还是生存。日复一日，行色匆匆，来回奔波。大多数的人，将骨子里的惬意、从容、优雅、笃定等诸多对生活原本的情分藏匿于心底最深处。更甚者，对身边的曼妙景色已然麻木。但南方之雪，来得惊喜、奢侈、从容、淡定。雪中漫步，一种清孤不等闲，滋长着妙不可言的惬意，雪过无痕，一时半会儿，鞋面上、脸颊上就有些许湿漉，再怎么样，也不需要打伞，雪花片片，也许只有这个时候，人们才能停下脚步，让心灵驰骋。

　　沉默的季节，语言失去了色彩；寂寞的岁月，山水遗忘了诺言。雪调皮地让人们暂时忘了自己。雪白世界，浩渺的天地间，只剩下静穆的白、沉淀的白、飘忽的白，空气中弥漫着薄凉的清新。

　　当你置身于雪中，才会发觉白雪像素白的汤圆，像小雨点，像杨柳花，透过稀疏的雪帘望去，那远处的楼房，隐隐约约，好像在雾中、在云里。此时此刻，你可以听见自己的呼吸、心跳及腕表上时针和分针的嘀嗒声。

　　梅花香自苦寒来，在冬天，满枝丫的梅花，是红色，是热情，绽放在雪白的世界里。"梅须逊雪三分白，雪却输梅一段香"，已道不清雪和梅的深深情缘，各自独立，各自欢欣。且不论谁更胜一筹，低唱梅之曲雪之歌，已是乐哉！梅花是冬日里最美的写照。都说满园春色关不住，但在冬日里，梅花你不让我，我不让你，赶趟儿似的将自己的枝丫探出院墙外，用一缕缕红色之美告诉人们：心中有爱，心中有信念，处处皆美景。梅花争先恐后地映着白雪开出了朵朵芬芳的希望之花。鲜红雪白、雪白鲜红，相得益彰。它们开得越鲜红，就越孕育着来年春的希望。

　　的确，冬天一切都蓄势待发，你热爱的，你执着的，都将好好努力。正因为冬天只有一种颜色，你的希望才会在冬日的映照下越发鲜活；正因为冬天是一种洁白,你才能在众多诱惑中看得见、找得到自己的色彩;正因为冬天静谧而深沉,你才能停下自己的脚步,在人生的冬之驿站休憩,驻足思考。迎接更加美好的春天!

南方的雪,不似北国,千里冰封,万里雪飘;南方的雪,落地即融,但它始终柔情,抚摸着每个不安分的人。不奢求能大雪纷扬,只奢求它来过。如此甚好。

当时光就这么老去,当流年红了樱桃,绿了芭蕉,我们可以只守着一扇小窗,听雪落的声音,隔世经年。

爱雪,为何?我也说不清,道不明。答案也许在下一个冬日,也许在来年南方的春天里。

老去，亦是一种缘

"昔我往矣，杨柳依依。今我来思，雨雪霏霏。"如《采薇》描绘时光的不可等待，是的，谁不畏惧年老？但老去，亦是一种缘。

记忆里，父亲是一位不愿承认自己已是六旬的人。

在我的家乡，春节时要去亲戚家串门，借此图个吉利讨个平安。前年年初二，父亲说新年新气象，出门去走走，与亲戚互道吉祥，与朋友互换平安，图个吉利。

街道两边稀疏的树上垂着红彤彤的小灯笼，好似累累的果实，着实喜庆。街上人影幢幢，阳光悠悠。大家各自穿着新年的新衣裳，父亲同三两个好友围坐在一起，阳光洒下，光照刚刚好，话题在一接一递之间，攀谈开来，好不惬意。好友问及父亲的年龄，父亲低头思忖片刻，抬头左手一挥，豪气十足地说："不惑之年。"好友斜视一下，调侃道："十年前，你就已经越过不惑之年啦。"

在场的人都不约而同地"扑哧"一声，喧笑了起来。

父亲挠挠后脑勺，默不作声，讪讪地笑着。

一次，父亲下班回家，放下背包，立刻把我唤来，一脸痛苦焦灼地说道："最近怎么了，白头发越来越盖不住。"我拨弄着父亲的头发，白发密密麻麻，父亲让我数一数白发有几根，顺道让我拔下这些惹人心烦的银发。

"啊，不多不多，就几根。"我淡淡地说道。看着满头银丝，想着父亲为这个家操劳了大半辈子，我的眼里已噙满泪水。当你知道岁月是个贼的时候，它已经在无声无息之中夺取了我们许多青春和过往的印记。

今年年三十的时候，父亲照例准备好第二天要穿的衣裳，母亲数落父亲：笑起来皱纹都可以变成一个褶子啦。我以为父亲会忙着解释，忙着追溯当年的年轻模样以证明不老。父亲却淡淡地回应：是啊，老了。

父亲低头的瞬间，丝丝银发在黑发中尤为明显。我赶忙跑回房间拿出了剪刀："来吧，我来给你剪白头发。"

"不不，你千万不能剪断我的过往，没有过往就没有现在。"父亲意味深长地说着。

我似懂非懂地点点头。后来的日子，在我们各自忙活，各自成为自己的罅隙里偷偷溜走。

在我的班级里，每天小朋友们都会在班级门口的签到表上签下自己的名字，而值日生则负责翻过签到表上的"月份牌"。现在又到了年终的时候，台历一侧高高隆起，另一侧却薄如蝉翼，再轻轻翻几下，365天就在生活中慢慢落幕了。班上一个小朋友好奇地问我："是不是日历翻完了，我们就老了？我不想老去，我要长大去保护我老去的爸爸妈妈。"我笑而不答。

翻过的日子有白雪，有雷雨，有晴朗，就这样永远地消失殆尽，正如朱自清笔下的《匆匆》，我们的日子为什么一去不复返呢？

岁月像一艘扬帆起航的船，风雨担当都需要自己。所谓"少壮不努力，老大徒伤悲"，抑或"今日事今日毕"，都在告诫我们惜时的重要。但老去，亦是一种缘，它是每天的日子，是日落，是月明，是父亲不再剪去银发，是孩童翻开日子的疑惑和懵懂……

炽热的爱

上了一天课，疲惫的身子酸软地瘫坐在椅子上，我随手拉开抽屉，便有一个椭圆形、冰冰润润的东西滚了出来，拿出来定睛一看，竟是前几天母亲清晨塞给我但却还没来得及吃的鸡蛋。

我凝视着那颗鸡蛋，鼻子微微泛酸，眼圈一热，想起母亲那微弓着的身子，以及渴盼的目光……

我的母亲，温文尔雅，娇小的身材，说起话来，低声细语，从未见母亲大声嚷嚷过。

犹记得儿时，有一次我发烧，母亲每隔半小时便会用热水为我擦拭身子。我昏昏沉沉的，隐约间看到母亲来来去去，忙碌且焦急的身影。"体温似乎高了一点儿。"耳畔传来母亲如丝绸般柔和的声音，其中夹杂着一丝掩盖不住的担忧……

父亲见状来到里屋，责怪母亲照料不周。母亲蹑手蹑脚地靠在我的床沿，温热的手掌心抚在我的脸上、额头上。母亲划根火柴，周围的夜色微微颤动一下，我凝视着母亲略显憔悴的脸，迷迷糊糊地睡着了。

清晨我睁开眼，便看见母亲趴在我的被子上，一只手还在我的额头上。我唤了声母亲。母亲陡然地颤抖一下，定定惊，向四周看了看，再用手摸着我的脸颊、额头:"太好了,终于退烧了。那我去煮米粥。"

母亲微微起身,一只脚好似不听使唤。只见她用手拍拍大腿,嘴里不停地咕噜着"老骨头"了,艰难起身朝厨房走去。

床边,脸盆、蘸了水的毛巾、酒精、水杯及烛台底下那一汪凝固的蜡烛油。

印象里,母亲总是无微不至地照料我们,无论是从前还是现在。

今早起床稍晚,看看时间,我便匆忙地穿衣、洗漱、下楼。楼梯口,母亲焦急地望着楼上,时不时地看看时钟——母亲每天都会守候在饭桌旁,等待着与我一道吃早餐。母亲劝我吃点稀饭,我略有些不耐烦地说:"来不及吃了,别喊了。"母亲没有责怪之意,依旧耐心地劝说:"那吃一口吧。"我终于忍耐不住了,冲着母亲无理地说:"别烦我了,我找钥匙呢。"母亲默不作声,只是愣愣地看着我。我系上鞋带,拎起背包,匆匆地向电梯走去,一只手不停地按着电梯按钮。身后门响了,只见母亲将手里的有点烫的鸡蛋递给我,"把鸡蛋带上",母亲淡淡地说。于是,我一把接过鸡蛋,好烫,我下意识手心抖了抖,鸡蛋在手心跳跃着。"都说了,不需要了。"匆匆进了电梯。

当走出电梯,我很是愧疚,我想母亲将鸡蛋递给我之后,一定是微弓着背,缓缓地朝回走吧。

前几年母亲因一次脑溢血,导致手脚不便,走起路来,一只脚跛着,另一只脚拖着跛的那只脚,走起路来,蹒跚不已。虽是中年,却像极了枯槁老人,不能长时间站立。

那天,母亲在楼下等了多久我不知道,我只记得自己是如何残忍地拒绝。如今,握着鸡蛋,发怔。前几日还温热滚烫的鸡蛋,如今在冰凉的寒冬越发凉透,冷到心坎。母爱像极了滚烫的鸡蛋,哪怕它已不再温热,但其中的母爱依旧。仿若母亲那双使劲搓热依旧冰凉的手抚摸着我滚烫的额头,仿若那个不开灯,蜡油沸腾的夜晚。

我眼里的"日常"

对于"日常",我很是喜爱。

日常,不焦灼、不浮躁,像极了李清照笔下的"误入藕花深处,争渡,争渡,惊起一滩鸥鹭"的恬淡悠闲。

一

川端康成曾说:"凌晨四点,海棠花未眠。"一阵接一阵"哐咚——哐咚"的声响闯入我的梦乡,连同我的梦、我的幻想、我的渴求通通被占据。些许的光亮透过薄如丝绢的白色窗帘,光影轻悄悄地在我眼前左右颤动,我勉强揉揉被睡意狠狠粘住的眼皮,披上法兰绒家居服起身,走近窗棂,久久站定着,目光落在家对面一个正在修建新楼的地方。传来建筑工地的打夯声,工地上方悬浮着高高的塔吊,远远望去,普工在搬运砖块、包工头模样的人站在高台上指挥着什么,扛着铁板的外架工操弄着外架结构,砼工在混凝土搅拌车边来回运着混凝土……他们来来去去,兢兢业业。

我从来没有像今天这样静静地看着他们,看着一堆乱石乱砖,如何在他们的规划下变成有用、整齐有序的房屋。这是工人的日常,当东方的鱼肚白还未出现,他们已穿戴完毕,身影出现在工地上。每个工人都是一个家庭的希望,而眼看平地变成大厦,那也是普通平凡的工人日常堆积的回忆。不论轻重,只问平凡。

二

毛泽东曾说过:世界是你们的,也是我们的,但是归根结底是你们的。你们青年人朝气蓬勃,好像早晨八九点钟的太阳。希望寄托在你们身上。冬日的天渐渐开了,亮光眨着眼又闭上眼,柔柔的。楼梯间碰见小学生拉拉衣领,两只手将红领巾缠绕过后脖颈,小女孩耸了耸肩,抖动一下沉重的书包,撩起后背上被压在书包下的长发,让其自然地垂落在胸前。女孩的脸绯红,仿若天空中的朝霞映照在她稚嫩的脸上。小女孩一蹦一跳地走出电梯,身影在我眼前渐渐远去……

握不住的沙,就像守不住的现在,明天亦是你今天的日常……

三

小区两排水果店挨着蛋糕店,理发店挨着饭店,饭店挨着小儿诊所……有的店早早开始营业,有的商铺门还虚掩着。小区门口停泊着一排排紧挨着的人力三轮车。

这人力三轮车,算起来历史还蛮久远的。车的后座部位装着可折叠的遮雨篷,当大晴天或者下雨时,将遮雨篷打开,形成一个圆弧状,人在车厢里悠然坐着,偶尔可以感受到清风拂面而过,也能迎来丝丝细雨。

蹬人力三轮车的师傅,左边的车把上架着一个可拆卸的车铃。每当看见前方有路人的时候,师傅会握住刹车,并摇响车铃,嘴里时不时地发出唏嘘的声音，提醒路人注意闪避。右边的车把上架着一个废旧的易拉罐，罐口被凿开，曾经这个大口里放置着乘客的车费。如今手机微信、支付宝等均可支付，便捷多了。从这个锈迹斑斑的易拉罐可以看得出日常里饱受的所有风霜，好似记录着人力三轮车师傅的日常……

四

未名教书与育人，先闻诱人从善之。
笑看稚童嬉笑间，笔触轻挥构梦圆。

有一名平凡的人民教师，平日里早早来校，温柔地迎接着孩子们一张张天真烂漫的小脸，陪同孩子们猜谜语、玩老鹰捉小鸡、老狼老狼几点钟；表演《三打白骨精》《三只小猪盖房子》《小兔乖乖》等；在骑行区看孩子们飞驰着平衡车，你追我赶；在穿越丛林区欣赏孩子们手执木质枪支，头戴红军帽，保家卫国；在叮咚咕噜区，陪孩子们找到水流的源头；在涂鸦区，看孩子们肆意描绘出自己的世界，自己的梦想……

蒙稚时光，山温水软。孩子的心，如透明的天空，澄澈明了；孩子的眼眸，明净如水；孩子的面容，如花草秀美嫣然。有草木欢喜，有天真映照。与自然倾心，无有猜嫌。欢声日纷纷，笑语半入江风半入云，谁知嬉闹从何来？不问白日，渐黄昏，一孩童携一缕夕照，自歌自舞，欢喜不尽，一如我们早已追寻不回的素梅，暗香疏影，栖落我心，不落不谢。

五

傍晚时分，太阳缓缓落下连绵的山头，仿若一位害羞的姑娘，只露出半张羞红的脸蛋，探着脑袋眨巴眼睛，不舍地看着这座小城。此时最为热闹的便数妈祖街一条菜市场街道。路两旁摆放着各种各样的摊点，四周是朝不同方向走动的人，络绎不绝。在这狭小逼仄的街区里，微微低头便能瞧见一排整齐的摊位，有装在篮子里卖的水果，也有直接倒在垫子上卖的水果以及摆放好的地瓜与各类菜蔬，蓄满水的盆里跳跃着虾、鱼、螃蟹。海鲜是我们沿海地带的特色鲜美菜肴，家里来客人或逢年过节，家家户户都会从这里挑选新鲜的海产品。

  继续往前走，便能看到一位老师傅，他在这条街上卖小吃已经好几十年了，只见他熟练地将炉子摆放在地上，炉子上架着一口大铁锅，锅里的油在沸腾着，冒着泡，锅里正炸的是我们这边的小吃——叮当鬼，说通俗些，便是油饼。不过，做法却和其他地方略有不同，我们这边的叮当鬼，先在铁勺上铺一层米浆，在米浆里放些萝卜丝、葱花、白菜等配料，最后再盖上一层米浆，将其放入油锅里，经几分钟，叮当鬼被蒙上一层金黄金黄酥软的外壳时，铁勺便可缓缓抽出，让它自由自在地漂浮在锅里。新鲜出炉的叮当鬼配上一碗稀饭，绝对是黄金搭配。

  沿街叫卖鸡蛋的农夫，皮肤黝黑，身躯瘦弱，腰被扁担压弯了，挑着两个精心编制的新竹篓，竹篓里小心翼翼地码着一枚枚鸡蛋，生怕一个晃动将蛋打碎了。他有些驼背，脖子伸得长长的。"家产鸡蛋，绝对香甜，绝对正宗。"他走两步便吆喝一声，吆喝完低下头。竹篓里一枚枚鸡蛋安然地躺卧着，肉色中略带淡粉色。我顺手拿起一枚鸡蛋，居然还有温热之感，应该是赶了几里路才到达这里的吧。"来十个吧。"这时，一位大婶来到他的身前，农夫微微弯下腰，双手扶着扁担绕过自己的脖颈，将货物精心地摆放在地上，扁担置于身后，额上青筋微微隆起，手背的皮肤黝黑且松弛地垮成一片。

  春去秋来，日子在打转。看似一样的白昼，然而，却上演着不一样的故事。

愿望仙子

"樱桃豌豆分儿女，草草春风又一年。"年关将至，小孩子们都渴望新年的到来。

学校有棵榕树，长长的须根从树杈上轻轻地垂落下来，每当微风拂过，远远看着，成片的树须左摆右晃，像极了垂垂老者，须发飘飘。为了给榕树增添几分年味儿与喜庆，每年这个时候，学校会组织小朋友们在纸上画出自己的新年愿望，然后将画着愿望的纸张折成正方形塞进红包袋里。

早晨，孩子们陆陆续续地来到学园，品灏小朋友因门外寒风凛冽，小脸绯红绯红的，在教室门口冲着我笑。"老师，早上好！"他一面说着一面蹦蹦跳跳地朝书包柜方向跑去，宛如一只活泼的小兔子。

品灏将红包袋小心翼翼地递交给我。红包袋的背面，歪歪扭扭地写着"叶品灏"。

我手里端着小篮子，小朋友陆陆续续地拿出自己的红包袋，放入小篮子里，小篮子一下子从空空荡荡变得满当当的。一个个红包袋上红艳的色调与蓝色的竹篮相互映照。

年味儿，最先飘在幼儿园，香香甜甜，丝丝缕缕。我们用打孔器在红包边缘打个小孔，让孩子们用红色彩带一端绕过小孔打个死结，有的孩子还不熟练，只见品灏小朋友脸凑向旁边小朋友，他们俩你一手拉，我一手打结。

红绳一头系在红包上，一头系在枝干上。

依稀记得去年这时候，老师负责爬上树干，把孩子们的红包袋悬挂在榕树的枝丫上，稀疏的绿意在热情与火红的点缀下，生机盎然，站定树荫下，仿若古风画里的姑娘随风起舞。

年年岁岁树相似，岁岁年年人不同。孩子们长大了。

这时候品灏跑到我跟前，一脸期待地问我："老师老师，什么时候可以实现愿望啊？""愿望仙子通常在你不经意间闯进你的生活里，让你又惊又喜，所以你耐心等待。"

次日，品灏小朋友一脸委屈地朝我走来。他曾是一位内向的小朋友，喜欢待在自己的世界里，那时极少看见他和其他小朋友玩耍。

"老师，愿望仙子什么时候来？""老师，你说愿望仙子有什么愿望呢？"品灏接连问了两个问题。"那你可以跟我说一说你的愿望吗？如果你愿意的话。""那老师，你先说你有什么愿望？""我喜欢栀子花香。"

第二天我看见我的钢琴上放着一个透明圆形的粉色瓶子，盖子是一个白兔头。我打开，看见折了三四层的一幅白色素描纸上画满了栀子花，五颜六色朵朵硕大的栀子花紧靠着，欢欣着。画的旁边配着歪歪斜斜的字："原来 yuan wang 仙子是花仙子！"

放学之后，我爬上树，找到品灏的红包袋，打开红包袋，只有一行赫然大字：用我的愿望换曾老师的愿望。

我扬起头，泪在脸上，我在树上，花在心上……好似榕树上开满了栀子花，好似闻到了新年里洒落着的栀子花香……

花开见佛

我见过古朴的碧岩寺，一根常青藤从悬崖峭壁的石缝隙里萌出，自由垂下，四季常青。长大后，我行过甘南的拉卜楞寺，朝拜过西藏的大昭寺。但说起我与佛结下深深的缘，大概是两次住庙的经历吧。

儿时，我的许多记忆都停留在离家二十多公里的开善寺里。当时我仅有五岁，还没触及很多文字，便会写"阿弥陀佛"。

姥姥和姥爷，每逢周末都前往庙里，那时在庙里一住便是两天。他们会捎上我。古庙门口那低矮的淡黄色的墙头写着的"阿弥陀佛"引人注目，让人心生敬畏。

穿过半弧形的拱门，进入寺院，一眼就望见院中几棵硕大无比的菩提树葱郁挺拔，整个庙宇被笼罩在浓密的绿荫之下，宁静而清幽。佛殿前是连绵的山丘，山峦绿意盎然。无论哪一季，山坡上密密匝匝的全是幽绿，那是生命的颤动，仿佛大自然在挥动手中的绿丝带。

拾阶而上，是刻满了沧桑气息的主殿门柱，迈入大殿内，钟在佛前的左右两边架起，蒲团有莲花纹理，青铜炉鼎飘来缕缕烟香，有两尊佛像慈悲浅笑。

每逢观音圣诞日、佛陀生日，庙里的朝拜者络绎不绝，身着棕黄色僧服的僧侣们，或信步游走，或双袖舞风，大步流星，或静心参禅。

如果说"姑苏城外寒山寺，夜半钟声到客船"是一种意境，那么这里恰如"曲径通幽处，禅房花木深"。那时庙里和我年龄相仿的小孩甚少，夜半时分，我无眠时，跑到院内一个放生池，乌龟、金鱼，还有素白、虾粉的荷花。我同它们说着话，清脆蛙鸣虫唱，山林中的小鸟，也飞过来凑热闹。月光如银，铺洒池中。母亲所说的水中捞月，在这里可以神奇地遇见。

心怜是一枝花，盛在悠悠自然。

七八岁时，父亲应邀去鼓山做工程，正值暑假，我和哥哥毫无疑问便随同父母去了鼓山，这一去，便是两个多月。我们驱车前往，蜿蜒的山路，沿途摩崖题刻比比皆是，不禁赞叹文人骚客才华横溢，敬仰之情油然而生。行了四十多分钟才置身于寺院前，两只憨笑的石狮分立左右。站在庄重巍峨的涌泉寺山门口，看着大殿内香火鼎盛，佛像庄严，当时我便懵懂地知道：佛之庄严伟岸，人之平凡渺小。

后来的某一天，我和哥哥在佛殿外玩耍时，听到佛殿内略微有些嘈杂，哥哥凑过去看，回来告诉我说，是装修佛殿时，一名工人不慎从两米高的梯子上摔下，脚踝处血流不止。周围的人纷纷斥责，说这个梯子的横杆已经有裂痕了，却无人发现，还有的人大声呼救。父亲闻讯后，一脸惶急地冲进去，让大家帮忙用布将伤口包扎好，当务之急是先把血止住。当包扎好后，父亲一把背起工人，一面拨打120，一面冲向寺院外，边跑边叫喊道："有人开车下山吗？多少钱都可以！"此时石狮旁正好停着一辆黑色私家车，父亲小心翼翼地将他扶上车，司机开口两百，父亲眼也不眨地说：好！

工人蠕动嘴角，还未开口，父亲赶忙接话：活着才是大事。

心善是一枝花，盛在布衣心坎。

我第一次拍照，是在鼓山。鼓山牌坊前有两只威武的石狮。我爬上石狮，得意地挺直身躯。摄影师说："笑一个。"我很自然地咧开嘴，露出两个深深的酒窝，欢欣着似要把整个春天都装进酒窝里。

在此之前，我畏惧相机"咔嚓"的声音，以为那声音可以咬人，四岁那年母亲解释了一箩筐的话，我依然不敢拍照。

我想，是不是这里的肃穆安抚了我这颗不安的心，让我终有回忆嵌入胶卷里。

回忆是一枝花，开在我的童年里。

在庙里混久了，熟识的和尚也就多了。和尚瞧见我水灵可爱，便要背着我绕寺院走一圈，我起先不大乐意，后来想着索性刁难刁难他。一圈下来，他气喘吁吁，唤我从他背上下来。"再来一圈。"我扑哧一声笑了起来，趴在他背上硬是不肯下来。自此他再也不捏我的小脸蛋了，偶尔在庙里碰见他，也只是微笑寒暄，我感到自在多了。

后来哥哥与我打赌，我若能坚持"金刚坐"一小时就算赢。先将左足置于右腿上，再将右足置于左腿上。为了十元赌注的诱惑，我闭目盘膝。一小时后，我慢慢松开两脚，疼痛感、麻木感蔓延全身，过程中还历经痛、胀、冷、热、痒各种感觉。我获胜了，代价是哥哥呼叫父亲驮着我回住所。

佛说：遇见未知的，均是美好。正是第一次的练习与体验，我至今感恩这赌注。我才得以安然自信地在清晨五点钟奔赴大雄宝殿同僧人们一起盘腿，开启悠长空灵的早课，唱着梵音，心府入禅境，丝丝安宁。

跏趺定禅时，好奇的我发现有的僧人在聊天，有的则东张西望。当老方丈环顾四周，瞅见我漫不经心时，做了两个手势，一个手指落在嘴唇上，示意我安静禅坐；一个手指指向殿门外。我的眼睛注视着金尊佛，盘坐于金莲之上，手捏佛印，双目微闭，似在倾听，又似在参禅，微微上翘的嘴角蕴含着怜悯。座下，主持带领众人诵念佛经："观自在菩萨，行深般若波罗蜜多时……"

净心是一枝花，开在虔诚者心间。

　　我知道，涌泉寺旁的千年铁树终会花开；如若没有儿时与佛的对话，又怎么会明白，佛在哪里。当世间所有"花"都绽放，抑或一个步履，一个回眸，一个相逢，便是见佛之时。

红

红是一种耀眼，亦是一种传承。

一

我们村里有一位德高望重的老伯父。

论起行辈，我应当称之为爷爷，他的书法之佳在村里是众人皆晓的。爷爷白皙的脸上布满老年斑，一副正方形的金丝眼镜架在高高的鼻梁上，脖子短短的。小时候我们喜欢跳腾地围着他，叫着"老伯父、老伯父"。更有甚者，跳起身扯下老伯父边檐阔大的蓝色檐帽。老伯父低头环顾四周，我们"咿呀"一声，迅速地躲藏在他身后，围着他前后左右地躲闪，开心得咯咯直笑。

老伯父慈爱地注视着我们，没有丝毫生气，反倒说道："不玩了，爷爷老了，教你们写字，吃新晒的地瓜干。"

那时我们还小，头顶堪堪和桌面齐平，但看不清桌面上挥毫泼墨的模样，只能仰着脸，看老伯父身子左右摇晃，着实没有意思，我们便自己寻乐子去了。

次日，老伯父换了一张八十厘米的长桌，我们一眼就望见了：一张暗红色的木质方桌，桌面上的毛笔、砚台、墨汁、红纸，一览无遗。

桌前是一叠一叠的红宣纸——已裁好尺寸的对联纸。今天，老伯父安排我们做活计，我们一群小孩子便安分起来了。老伯父吩咐我用手按住对联的边角，而几个小伙伴帮忙在砚台上磨墨，另外几个小伙伴则帮忙抻纸，展开红生宣纸。

望着老伯父，他沉肩垂左肘，徐徐抬起青筋突起的右手，捋捋白胡子，专注的神情却神清气朗，着实令人感到一种虔诚的力量。挥毫之时，行云流水，柔而不弱。时而缓缓收尾，时而速度转疾，时而点，时而画，时而钩，时而舒展。写对联的最后一字时，只见老伯父脸上荡漾着轻松的笑容，褶子般的皱纹随着笔触的渐徐渐收，归于凝止。

我开始赞叹中国文化的博大精深，如一团梦幻般的迷雾，使我如痴如醉，深陷其中，挣脱一阵又一阵还是出不来。也罢，索性跳跃着将我迷倒吧，我也能更加亲近你，万般湿润，风情，且带一些绚丽的轻俗。

当时看不出字词的力量之感，只见一恍惚，一支笔，一点墨，三下五除二，一幅作品就完成了，大家就忙活着拿回家贴在自家旁门上或门楣上。现在回想当时老伯父的字，则是飘逸，字体介于行书、草书之间，笔致舒朗，时而奔放，时而浑厚，时而秀润，但无江湖之气，亲切得很。

我们入神地看着，遇到喜爱的字便请教老伯父。老伯父慈祥地笑着，语重心长地告诉我们，"春"字，一个夫，就是一个男子汉，男子汉再怎么厉害，头顶上还有个天，天最大；里面是日，太阳的意思，日出而作，日落而息，它就是春。告诫我们既要堂堂正正，做个顶天立地的人，又要充满希望地辛勤劳动。那样一个人的"春"就来了，希望也来了。

是啊，写春联之时，正是春来之际。学会播种，待夏秋方能收获。

后来，老伯父走了。再有谁家办喜事，抑或逢年过节，村落里不再有热忱的老伯父从清晨忙至黄昏，为人们写"囍"字，送春联，聊家常……

红色，渐渐丢失在那个古老荒凉的村落……

二

每年县里知名书法家的到来，都会为我校增添年味儿——义写春联，红色的春联纸上带着淡淡的墨香。岁末之余，辞旧迎新，仿若从这春联开始……

在风雨长廊，数位书法家一字排开，泼墨挥毫，行云流水。长长的廊道里，红色的灯笼垂放下来，风拂动着灯笼穗，灯笼穗随风飘扬，看着他们挥笔不停，续纸不断，老师们左右观瞻，兴趣盎然。

我挑选了一副清雅的"春风"，递给一位老书法家，他国字脸，黝黑的脸庞，透着棱角分明的冷峻，一双凹陷的眼睛，炯炯有神。"这副好！不求名，不求利。"求不来，只求社会安定，一颗清雅之心方能安放。书法家说，起笔、落笔、运笔都是心的安定之作，仔细想来，不无道理。

我们把写好的春联铺在校园里一艘木质的船上，原木色的船肚上承载着一副副红色显目的对联，船头、船尾微微翘起，像极了孩童微微上扬的小嘴……殷红的春联似乎给孩童的小嘴涂抹了均匀的胭脂……

待干的春联垂挂在穿越丛林麻绳的网格上，一排排春联好似俯身看这个明亮如初的世界。有的春联平铺在绿色的草坪上，绿映红，红衬绿，也不知道谁和谁相称。美得让人沉溺于尘世的澄净。我多愿把自己的人生幻化成一副副对联，呈现于每家每户的门楣上，承载着希冀，却只剩清澈，只剩纯真。

三

那些跳跃着的字词，若垂绥饮清露，流响出疏桐。从幽幽约约中传来，清亮而脆酥；那些清丽字词如蝶舞妖娆在时光里，惊艳着、纯粹着、翩跹着、风华着。

我带了几副对联回家，路过三中门口，校门口排了四五张桌子，身穿校服的学生，正挥笔书写着来年的希冀与理想。一片欣欣向荣的气象，他们仿佛是融合在一起，分不开。

我停下车，站定在校门口，眼前一人伸长脖颈，低头，手里的毛笔正驰骋在红宣纸上，如同一匹匹骏马飞驰于一望无际的草原之上，笔锋流转自如，文风行云流水，狂洒之下不乏隽秀。我顺着笔端窥见一张水灵的鹅蛋脸，面容秀气，长长的睫毛自由眨着，一双凝神专注的眼眸如一泓清泉，惹人怜爱。豪迈不羁的字风，俨然与亭亭玉立的她不相符。她微微扬起手，抬起头，浅笑盈盈。

"姐姐，你也想要一副吗？"她细声细气地说着，仿若清泉潺潺流淌。

"没，我只是看看。"我接着话。

"这是送爱心，免费的。"阳光停歇在她的脸颊，绯红的脸颊像涂了两片腮红。

她是三中的一名初二学生，自小受家里的熏陶，爱上书法，她喜欢王羲之《乐毅论》《兰亭序》《临钟繇千字文》等。父亲教她写字时，她就觉得，那一横一撇一捺都充满了哲学。她说，有些字要避密就疏，避险就易，如"俯""彼"等；有些字顶盖要得势，不可头轻尾重，如"道""息""悉"等，孰轻孰重，都得衡量清楚。

字如其人，而我更觉得，她字如其心，用红色的光芒照耀她的流光。

旁边一孩童爬上桌，一把抓住横联，她用手指轻轻刮了下孩童的脸，"真调皮。"随即从旁边的桌上整理一副给她，孩童蹦着跳起来。

我脑海里老爷爷的传承似在流淌，与血液的色调相同的红得到了传承……

也谈吃

偶然的机会，我得知广东有一家全系统机器人运营中餐厅，煎、煮、炸、焖各式菜色应有尽有，无须长时间等待，二十分钟美味可口的菜肴就会出现在客人的餐桌前，还配备迎宾机器人、汉堡机器人、调酒机器人等。

我一面惊叹着世界之大，无奇不有，一面陷入无尽的思索。对于过程不感兴趣的人，体会不到生存的乐趣。在我看来，美食亦是人生，讲究过程，感受当下人与美食互动的稳妥之感。而如果忽略了过程，结果再鲜美，也早已无味。四菜一汤摆上桌前，挑菜洗菜入锅，则已消磨了大半天的光阴。既然是虚度，那就再为爱的人精心烧一桌有温度的菜肴吧。

毋庸置疑，在一群人的智慧下，见证着一个时代的进步，但温情的情怀却久久挥之不去。蘸雪吃冬瓜，谁知滋味好的淡然；幸春山笋贱，无人争吃，夜炉芋美，与客同煨的惬意；鲜鲫银丝脍，香芹碧涧羹的鲜美。这些与美食的天然接触，与好友共享，畅聊天地，而心里早已荡漾起层层涟漪。

自古诗人沉溺美食，无法自拔，陆游就是一位名副其实的美食家。他在《饭罢戏示邻曲》中这样说道："白鹅炙美加椒后，锦雉羹香下豉初。

箭茁脆甘欺雪菌，蕨芽珍嫩压春蔬。"我想自己一个人烧饭，可能略显寂寥吧。但经烧烤后的白鹅出锅，撒点花椒，足以让人垂涎欲滴。蕨菜鲜嫩可口，香脆的春笋，还未往嘴里送，光闻着味，便已饱上一波了。在亲自与美食互动时，似乎忘了孤寂。

是啊，如果切菜时，砧板上西红柿橘红的汁液飞溅起来，不妨顺着手指吮甜中带酸的味，青瓜的汁液流了出来，直接拿起一块入口解渴，顺道滋润烧菜人因油烟熏着而干涩的喉咙。美食仿若春日里的万紫千红，在你面前呈现，一把夺过你的心。

前段时间，好友给我邮寄了一箱裹蒸粽，三角形，裹着墨绿色的粽叶。我小心翼翼地剥开粽叶，映入眼帘的是糯米里裹着的绿豆、五花肉、咸蛋黄等。粽叶用的肇庆地道果粽叶，讲究材料的比例。十二小时柴火慢炖。好友再三叮嘱我，从箱子里取出后，放入锅中，而锅中需要放满水（水没过粽子为好），待水烧开、沸腾将近半小时后，将它们全部拿出来晾干。未承想到行了一千多公里的它们，竟如此讲究。

而我喜欢大火煮上二十分钟，打开后拌匀，更美味，这样分不出是糯米味还是粽叶味。舌尖上软软的，绵绵的，夹着各类材料，混杂却不串味。在孤寂的时间里，接收着这饱含温度的裹蒸粽。

对待美食，秉持着人间至味是清欢的态度。不会过分精致地修饰，但也有属于我的与众不同。那日，母亲不在家，我贪图方便，砂锅煮米线，忙着竟忘了关火。烂糊就烂糊些吧，权当慢煮时光。搭配一杯灼红的葡萄酒，正所谓看花吃酒唱歌去，如此潇洒有几人。

我以为美味均是精雕细琢。原来，环境不同，纵然简易的食物也是有温度的。

深秋时令，风行户外，组织野炊。爬宁德第一旗山，一路披荆斩棘，历时六个小时，到达山顶时我们已饥肠辘辘。我们队里有人扛了一个小型锅碗。一锅鸭肉米粉在锅里沸腾着，放上香菜、红辣椒、姜母糖等配料，热气腾腾，海拔1400米的山顶，吹着劲凉的风，大伙儿围圈坐着，中间一口火锅煮着，待他自熟莫催他，火候足时他自美。我们静候着。连绵的山峦环抱着我们，置身于清旷秀丽的境地，食材均来自这曼妙的大自然，顿觉怡悦舒心。看！苍翠欲滴的满山满山的绿，都想跃入这锅里当佐料呢。

时代变迁，有些味道永远取代不了，那是人情、友情甚或亲情的味道。标准化的人情味。机器人纵然可以带来方便，但取代不了质朴的情怀。做自己，虽然他慢了点，做自己，虽然他不完美。接受新时代的同时，不忘拥有自我。

舌尖的味道，唯有吃过的人才能感知，品的是味，吃的是清欢！

追光者

腊月过半，阳光的触角早已变得柔和，伴随着樱花盛开，斑驳的阳光洒落在清草地上。虽是腊月，风却不再凛冽。仰起头，任暖暖的光洒在脸庞，任柔柔的风拂过发梢。

忙碌了一学期，终于临近假期。早晨我在户外活动的时候，看到一群孩子在嬉闹。

一个女孩捡起地上有虫洞的落叶，挡住自己的眼睛，仰起头，去看洞叶外的光，散射的光慢慢袭来，尽情地洒在孩子身上，他们身上晕染了金黄的光影。

金黄色的光毫不吝啬地照着落叶，在曦光的映照下，叶脉清晰可见，主脉延伸至树叶的尖端，两旁支脉条条，好似那通往罗马的条条大路。树梢，绿得那样随意，树下，皆是幸福和暖意。

叶追寻着光，如同我追随它一样，从葱郁繁茂，直至泛黄。

学校的角落里，曾有一棵树倒了。园林工人将树干砍下制作成树墩子，那一条条波浪的线条，柔柔地包裹着粗细不一的年轮。不禁感叹，自然的形成倒是美瞎了人的眼睛。不禁感叹，从一株不显眼的小树，长成一道风景，肯定经历了不少风雨吧！

也许，大自然里的每个物种，在经历过风吹雨打后，最终都会成为岁月的一抹。不信你看，那边缘裂开的小缝，多招人爱，阳光也偷偷地钻了进去。

树因为追寻着光，才能向上生长。树墩追寻着光，只希望在追逐光的路上，留存希望，永远向上。

天地华宇，日复一日地运转着，想起卞之琳的一句话：你站在桥上看风景，看风景的人在楼上看你。到底谁又是谁的风景？不负成长，不负年华。即便变成一个树墩，也活成了自己喜欢的模样！

学校里的樱花开了，雨伞树笑了，花椒树伸了个懒腰，银杏树排成两行，一处处的风景，令人遐想，令人难忘！

那株小树苗被小竹竿庇护着，笑看春天的模样！

校门口跑来几个小伙伴，眼里满是故事。他们嬉闹着，向小伙伴介绍：我弟弟两岁，他被姥爷数落了，就在刚才，他竟然光着屁股在房间里跑。

"哈哈……真好笑。"另一个小伙伴咧开嘴笑了，露出为数不多的几颗正萌出的牙，愣愣地看着他。

"风会不会把你弟弟的屁股吹凉？你弟弟太有趣了。"又一个小伙伴说。

"其实，我弟弟说，他希望自己的屁屁也见见光。"话说完，他们都笑了，笑得前俯后仰，笑得满眼皆泪。

他们追逐着，绕着骑行区的山坡，来来去去，疯跑着，红通通的脸颊，像被阳光涂了一层淡淡的胭脂，艳红得近乎虾粉，嫩粉中又映着艳红。

他们跑累了，追累了，一股脑地坐在树墩上。光影从树墩上收起，一半打在孩子的肩上、额头上，一半滚落到地上。他们哪会觉得冷啊，都说小孩儿是火炭，接受点阳光就会暖起来，阳光放慢脚步，柔柔地与他们击掌。在初春的家乡，是追光的孩子，把寒气逼散。

有光的地方才有爱，有光的地方才有希望。我们每个人都是追光者，跟随光的脚步奔跑，跟随光的温度奔跑，你听那气喘吁吁声，肯定又有新的追光者加入……

心中那一缕光

当得知我们合唱团获得第一名，同伴们欢呼着，雀跃着，沸腾着，兴奋着……

这些成绩的取得归功于潘老师，他身材微胖，戴着一副方形眼镜，笑起来有两个甜甜的酒窝，让人倍感亲切。说起话来，正如他所言，运用腔体的共鸣，让气流滑出喉咙，更显铿锵有力！

潘老师爱红色，他的马甲、水杯、手机都是清一色红，每次排练，几件钟爱之物总是不离身的。我们有时也会与他开玩笑：这是红色情结，还是青春活力节。

潘老师生于二十世纪七十年代，那时候经济拮据，食不果腹。家住偏远山区的他热爱音乐，是音乐这束光照耀了所有黑暗的地方。在当时，学校里能有个音乐老师，那可谓是十里八乡吹捧的热点了。很幸运地，那时候，他们学校有个音乐老师，他唱的那些令人心动的歌，仿佛能沿着七八里蜿蜒的山路，传播到远方。

有一日暴雨如注，本就坑坑洼洼的黄土路，在雨水的冲刷下更显泥泞，而细碎的黄土也开始散开，这里一团，那里一片，脚下的路泥泞不堪，鞋底儿被厚重的黄土牢牢粘住，如同绑着个秤砣。

老师抵达学校后，浑身上下湿漉漉的，一把红色破洞的雨伞在茫茫树丛间，尤为显目。那是老师家里唯一的一把伞，他努力说服母亲不去田里拯救庄稼。音乐老师在村口唱着：我们的家乡在希望的田野上……等候着陆续到达的孩子。

三里五村的孩子听到嘹亮的歌声，铆足了劲儿，迎着灰蒙蒙的天去上学，稀薄的空气清新可人。一段段如棉、如絮、如清泉的音乐，宽慰着微凉的心头……那一刻，他告诉自己，音乐是唯一的出路，音乐可以改变一切，照亮了这个不知名的山区……

潘老师在回去的路上，寻思着庄稼地里农作物是否安然无恙，此时雨已停歇，他漫步田间，青草池塘处处蛙，不知名的野花，白的、红的、粉的，在雨后昂起身躯，赶趟儿似的笑脸相迎。潘老师突发灵感自编一曲"田间，有你，有我，自然与我……"情到深处，难免忘记一些事。到家时，一脸不知庄稼如何的他，被母亲责骂。

潘老师聊到这儿，便不言语了。

现在的潘老师用笑解答我们的种种困惑，一句"不忘初心，满怀人民的向往"。老师说：向往是发自内心的，感恩现在，向往未来的美好愿景，无论何时，有梦才有希望。这句话铿锵有力温柔而坚定。

排练时，个别团队因为散漫，迟到的现象时有发生。而我们在排练时，便已做好所有的准备。

潘老师带领我们练声，合唱团有四个声部，男低音、女低音、男高音、女高音。从"呜呜"开始，每个部分练习一遍。然而，有一个略显突兀的声音打破了原本的和谐。笑脸相对的潘老师在大家犯错时特别冷静，一个个审视，我们好似等待着检阅的士兵，心都提到嗓子眼了。轮到我的时候，由于紧张，唱走调，潘老师轻蹙眉尖，轻声一笑，让我独自唱几遍。我红着脸，总想找个缝儿钻进去，一脸无助与茫然。经过他一遍又一遍的教导，终于顺利过关，看着潘老师嘴角微微上扬，我仿佛看到原野里绽放的花苞儿……

合唱比赛拉开了帷幕，大家还是忍不住观察别的合唱团，有手执枪支的，有合唱伴舞的，有不停地变换队形的，弄得人眼花缭乱。

比赛前，潘老师叮嘱我们：只要你们认真地展现了最好的自己，我们就赢了。

音乐真是一个可以交心的朋友，就像歌词里唱的：你带领我们迎来，幸福小康的阳光，奔向民族复兴的前方，因为有和平之光的照耀，全面小康的向往……我们才能有不同的生活，不同的追求……

潘老师如同光，为我们指引前进的方向；潘老师如星星，温暖黑夜赶路的人……

沉默的爱

　　窗外一场大雨袭来，怒吼着扑向小窗。

　　自打搬到城里，父母除了外出工作、采买，平时很少出门。

　　我好端端的竟然闹肚子。窗外黑沉沉的，若断若续的雨，从四面八方袭来，电闪交集，我打了个寒战。我是喜欢雨的，但这样的雨，未免让我有些恐慌。

　　母亲端来一碗红糖水让我暖暖身子。

　　父亲执意要去药房给我买些药，母亲迟疑了一会儿："外面倾盆大雨，万一淋个雨，感冒发烧，那可如何是好？"

　　我见父母拌嘴，嬉笑道，这只是小毛病。过了些许时候，已是晚上十点钟，父亲跟母亲吵了两句不见踪影。我朝母亲抱怨："还不如花十元让人跑个腿，买个药，至少我爸不被雨淋。"

　　这时"咔"的一声，门外传来钥匙转动的声音，是父亲回来了。我正想起身，只见他披着蓝色雨衣，豆大的水珠做自由滚落状，哗哗跳跃到地面各自散开。只见湿漉漉的雨衣里，微弓着背的父亲手里提着刚买回来的药——益母草颗粒。母亲瞥了瞥父亲，别过脸来责备："什么时候能听句话，就谢天谢地了！"

在父亲心里，其实最惦念的就是我和哥哥，他从来没有为自己舍得过。

第二天，哥哥说起昨天在单位加班的怪事：昨晚，看见一个蓝色身影在窗外晃动，定睛看时，又不见人影。毕竟窗外雨那么大，就算是贼的话，选这时候来那也太傻了吧。

我满脸盈笑，幸灾乐祸地取笑他："哥，你快说，你做什么坏事了？"

哥哥一身正气，说倘若要他做坏事，借他十个胆子也是不敢的。

当晚，我辗转反侧，梦里燥热得如在蒸笼上炙烤了好几个小时，无处寻清凉，猛然睁眼，原来是梦，开灯，嘴里觉得渴，端起水杯下楼倒水。走出房门，便是哥哥的书房——与我的屋面对面。书房里橘红的灯光溢出门缝。哥哥深夜设计工程图已是常态，在楼梯的拐角，一个黑乎乎的身影伏在楼梯的犄角处。"啊——"我神色慌乱地大叫道，"哐当"一声，水杯从楼梯口滚落下去。

"嘘。"一个身影从楼道的灯光里走来，身影愈来愈长，愈来愈清晰，看真切了——是父亲。

父亲将食指竖在唇边，示意我安静。

"你在这干吗？"我不解地问。

"我……我睡不着，来阳台吹吹风。"父亲支支吾吾，转身下楼。

我没有在意，俯身将水杯的碎片拾起。父亲取来畚斗与扫把递给我。眼神不住地朝哥哥的屋里瞥去，在灯光的映照下，父亲的脸密密麻麻地爬了好多皱纹，有神的眼睛也变得黯淡无光。

清扫完毕，我轻轻叩着哥哥的房门，没有反应，我便推开。哥哥戴着耳机，手不住地敲打着键盘，发出"嗒嗒嗒"的声音。难怪哥哥对屋外发生的一切全然不知。

沁凉的夜风从阳台的缝隙里灌进来。我将窗帘拉了拉，风被阻挡在窗外。

此刻，腊月的三更天，甚凉！

前日，冒雨的"贼"。今夜，爬楼的"贼"，是同一个人。

我陡然明白，父亲心里一直装着孩子！

惜福

春回大地，万物复苏。那连绵的山峦中隐约着层层房屋，找不见堆起的泥巴人、泥巴屋……

记忆里，一幕幕画面如同电影片段般地闪现。那时我和三两好友相约去田埂或屋后的空地上玩儿。清晨微微润湿的土地上，随手掘起一团黄泥，既可以捏造小人，也可以团拢成各类饭菜。我素爱扮演母亲这个角色，当瞧见我的"孩子们"散学归来时，我着慌了，赶忙从微凉的土地上抓起一把泥土，掺了水，在手里揉成团、搓成条或用手掌按压成扁状的"大饼"。我一个箭步来到身旁的一株株矮小的树苗旁，摘下几片叶子，当成"青菜"。一碗接一碗，摆在高低不一的树墩上，心满意足地看着"孩子们"吃得津津有味。

一桩桩童年乐事都清晰可辨，那时我着迷于旋转比赛，首先在龙眼或荔枝的果核中间插上一根牙签，接着找块儿平坦的地，将事先准备好的"战士"顺时针不绝地旋转，谁坚持到最后，便是胜利者。

如今出门，小区都被房屋占据，楼间距很窄。小孩子们在小区里只有玩秋千、滑梯、平衡车、滑板车。旁边站着许多父母，父母们凑着头唠着家常，目光如炬，全然在孩子身上。风来，一股垃圾腐烂的气味，在闷热的空气中尤为浓烈。

大地静默了几千年，但初心不变，沉默不是无声。城里，人们有意识地种下大树，零落分布在公园、小区里，但它们最大的效应不正是吸收二氧化碳，净化空气吗？无言的大地母亲已喘息艰难。

一次，我走在街上，一群人正在解开瘦弱的树苗身上的软毡布。原来是春天来了，树丛也可以舒展着自由之身做回自己。儿时的树丛自山腰沿山坡一路到山脚，树木葳蕤，再也找不到了。

尼采说过：一棵苍天大树越繁盛，它的根一定越往深处去。是的，真正让大树傲然屹立的，必将是大地宽广胸襟的包容。

比起小树，我怀念儿时的大山大树。我怀念静默依托着它们的母亲！

周国平曾说：土地是洁净的，它接纳一切自然的污物。在乡村，时间保持着原始的形态，日出而作，日落而息。母亲辞去教师工作后，时常带着我去田间种应季的菜。偶遇斜风细雨，我戴起箬笠，披上绿蓑衣。在田埂微湿的土地上等蚯蚓到来，抑或玩起泥巴，汗涔涔的，遂用沾着泥土的手拭干，玩得不亦乐乎。

泥巴是大自然的恩赐，是童年最好的玩伴。如今再也寻不到这样的光阴了，就像我再也找不到母亲最初的模样。

我念着"母亲"，正如路遥的《人生》里一样，德顺爷爷对高加林说："就是这山，这水，这土地，一代代养活了我们。没有这土地，世界上就什么也不会有！是的，不会有！"似乎德顺爷爷要说给全世界的人听⋯⋯

是泥土滋养了一代又一代的孩子，是泥土孕育了一棵又一棵的树，珍惜大地母亲，爱惜土地就是惜福！

凡是皆空

　　小学时美术老师布置画一幅以"祥和家园"为主题的画。我埋头思索，而我的同桌不假思索地挥墨，随即画了一幅画——一片漆黑，黑魆魆占据了整张 A3 纸。

　　我的同桌酷爱画画，但他的父母觉得画画没出息，家里丝毫不见和画画有关的材料，他画的画都藏在班级的抽屉。我见过他许多画，素净的莲盛开在高山之巅，健壮的长毛狗伏在黄河岸边。

　　而我心想，这又会是什么样的大作呢。我的好奇心驱使我放下沉思的脑和手里的笔。

　　我怯生生地问："你不怕老师批评吗？"

　　他一脸淡然，默不作声，继续画着。

　　次日，公布美术成绩，他彻底泄气了，去找老师理论，他讲着画中寓意："天黑了，森林里的梅花鹿、斑马、大象，都安静地入睡了，有风穿林而过……"我沉默着，那真是一个祥和的森林家园。

　　"老师，不信你闭上眼睛，想想我的故事。"他继续说道。

　　我不知道别人是否闭眼，但我闭上了眼后，感受到了一阵空灵，那是一种万籁俱寂的自然之美。

很多时候，眼睛看到的未必是真，然而心若感觉到了，自然就和谐了。

他一直坚持自己的梦想，直到遇见了欣赏他的伯乐。

后来我对他的讯息全然不知。

那天我无意间碰见他，他已经是当地小有名气的画家，还是偏远乡村学校的一名支教老师。

他说："心空，皆是不图名利。心空，皆是全力以赴。"

空是一匹骏马，驰骋阔达疆场，无拘无束；空是河水潺潺，奔流不息。

《心经》云：色即是空，空即是色，受想行识，亦复如是。"空"在佛家中泛指四大皆空。"道大、天大、人大、地大"合在一起就是道空、天空、人空、地空。然而，于佛家而言，目空一切是希望我们不以物喜，不以己悲，内心澄净平和。而佛家已经早有结论，那便是四大皆空，提醒人们放下执念，回归纯净，清醒自持，不惊不扰。

前几日，我作为一名志愿者，处理了在小区门口为业主们测体温等事宜。新冠肺炎疫情下，我们万众一心，共同守护着这座城市。

空城自不必说。干净而湿润的街道，穿着橘色清洁服的清洁工，手里扫帚落地、移动。沿街交警维护秩序，腰间呼叫机早已在等候指示……

空城里，温存着昨日的旧梦——愿春暖花开，你我无恙。大地复苏，融融春光，满城皆绿意。

因为他们在负重前行，还有甚为伟大的、正在消毒水味浓重的医院救死扶伤默默付出的医务人员。他们是春日里的花，粲然绽放着，一点一点地消融暮冬的寒意与凄紧。

社区工作人员打我电话，让我前去领取志愿活动所需的口罩。回来的路上，路过我上班的学校，保安叔叔和我打了声招呼，我停下电动车，回过头，一眼引起我注意的是，还在岗位上执勤的保安叔叔，只戴了自制的花布口罩。

我随即上前,得知保安叔叔因购不到口罩,就用自家的边角布自制了口罩。我心头忽然一紧,二话没说,赶忙从包里掏出全部口罩递给他,听到感谢的话,我好像受到奖励的孩童。

我忙碌了一天,空着手回家,心如一池清泉,盛着碧绿的荷叶,芬芳馥郁……

空也是一种赠人玫瑰,手留余香,不夹杂风,甚至不混入雨,只一缕缕轻烟缭绕入怀。

回家的路上,天下起了绵绵的雨,继而声息渐强,如帘幕垂下,水花落地,四散开来。空,即是满。大地是空,空心去承接万物。

为人处世,亦如此。空是不以物喜,不以己悲的淡泊;是先天下之忧而忧,后天下之乐而乐的执着;是乘风破浪会有时,直挂云帆济沧海的空灵豪迈。

我,煮茶温酒,与天与地与自己蓦地一相逢。空是一场山高水远的修行。凡事用减法,生活才能多姿多彩!

心中最美的花

以铜为镜,可以正衣冠,以史为镜,可以知兴替,以人为镜,可以明得失。唐太宗因大臣魏徵去世,悲恸不已,他把魏徵比作一面镜子,因为魏徵在太宗皇帝犯错时敢直言不讳,时刻警醒自己,不再犯同样的错误。由此可见,不单因为其人,更因为言语也是有重量的。

一次我前往牙科诊所拔智齿,由于智齿的牙根特别长,医生急促地唤护士:"快拿来钳子!"我躺在牙科椅上,紧张的气息如心底蛰伏着一只凶猛巨兽,好似随时会从心底跳出般,感觉有股凉意,从头顶传至脚底,浑身都不自在。

医生安慰我:"没事,别急,马上就好了。"另一位助手柔声细语,宛如一股清泉石上流,声音不慌不乱,我顿时安静了许多。

"智齿马上就拔出来了,你再坚持一会儿。"我的心顿时舒缓了。

牙医相貌清秀,明朗的轮廓下,笑起来有两个深浅不一的酒窝。轻声细语如春风拂面,寥寥几句直达心灵深处,消除了我的不安。的确,医生的话是有魔力的,那是一种积蓄在心底的力量,能驱散人们的恐惧。

偶然间,我与几个阔别已久的朋友相约,见面后,浊酒相伴,一杯复一杯,话题是一茬接一茬。当畅谈到另一位所熟识的朋友时,其中一人便据理力争、振振有词地断定,那位朋友未婚。因为通过她社交软件里晒的单身日常生活,便可以确定了。朋友的分贝将面前的酒水震得在杯中晃起阵阵涟漪。我们都已停下来,静静地听她滔滔不绝地讲着故事的后续发展。

后来我得知,那位熟识的朋友有过一段婚姻,但无疾而终。

温文尔雅是有素养,而如轻羽般的言语哪怕再厚重、再深沉,也不足以深入人心。

前往武夷山时,在火车上,和我邻座的两个女生,一个端庄秀丽,白皙的脸颊,弯弯如月牙儿的眉毛;另一个明眸皓齿,栗色的卷发自然垂落肩头,她浅笑盈盈,落落大方。

我很惊奇,刚落座就被她们的外貌深深吸引。

火车缓缓开动,而她们也攀谈起来,笑声此起彼伏。夏日宁静慵懒的午后,正值昏睡的好时候,乘务员犬步流星地朝我这儿走来,用食指放置嘴唇,示意她们小声点。

乘务员刚离开几分钟,车厢里便又响起刺耳的笑声,讨论的分贝时高时低。

"麻烦你们小点儿声,别人都在休息。"乘务员面带微笑,语调略带坚定地说。

卷发女生轻拨卷发于颈后,不耐烦地看了乘务员一眼。

言语是自由的,但毫无尊重之意的言语,如同被丢弃的物品,始终在犄角处。

肢体动作也是一种语言。我老家有一位先天聋哑的人,他在街头巷尾遇见熟人之后都会笑脸相迎,笑起来眼睛眯成一条线。而当我和他照面而来,也会回送个微笑。

言语可穿透时光,跨越距离。无论世间如何薄凉,此时无声胜有声。

姥姥走后,邻居老爷爷和我说起姥姥生前的事,曾说起我对姥姥说的话过于生硬且大声,他心里都堵得慌。我愕然,待我细细回想起来,内心如翻涌的大浪般席卷我的所有自以为是。

那日姥姥开门时说:"孩啊,刚下班吗?我买了你喜欢吃的地瓜。"姥姥笑时皱纹似堆成一个面团,久未散开。

我不耐烦地回答:"别问了,烦。"

姥姥不知什么时候学会了看我脸色,一句话没回,就走了。

人生如寄,飘忽若尘。跋涉万水千山,只为在别人心中开出绚丽之花。

无论何种理由的恶语,如利刃,刀锋出寒光闪现,一刀已断魂。暖言,如轻柔的风,如绵软的白云,驱散心中的阴霾。世界上最美的语言莫过于好好说话,好好说话能让心间开出一朵最美的花!

放手才是爱

听到《远方》这首歌，喜欢那句：爱上漫天的星河静静流淌，如梦披上霓裳。看远方曾年少痴狂，怀着梦跨越苍茫。远方，对我来说，如同深邃的天宇中绽放的烟火。

圣埃克苏佩里说过：创造是用生命去交换比生命更长久的东西。我想那是生命的意义吧。梦想缓缓流淌心底，从有梦的地方开始。

我的一位瘦瘦高高的同学，皮肤白皙，爱笑，幽默。她最擅长的莫过于唱歌，尤其是唱《青藏高原》，歌声嘹亮，闭上眼聆听，仿佛鼻腔里涌进了青青草地的清香，仰面伸手，似乎就能触到高原湛蓝的天，低低的云。她最爱音乐，打小就喜欢哼着歌，唱着小曲，吃饭时轻哼，上学路上清唱，偶尔忘形了，引吭高歌。高三填报志愿时，她同母亲商量去武汉音乐学院，她的母亲决然断了她这个念想。最终梦想被流放……

但我知道，她最终的志愿是江西财经大学。

毕业后，我再次遇见了她。青春时可掬的笑颜，早已不见踪影。但她很淡定地回我："没有诗和远方，过好当下也很好！"

没过多久，她结婚生子，目前是两个孩子的母亲，对于音乐，避而不谈，梦想已然与她背道而驰。

这种控制的爱，折断了她飞翔的翅膀。

《心灵营养》里曾提到：四个月到十个月，孩子喜欢爬，喜欢用爬的方式去探索周遭环境。后来逐渐开始走，世界在他们的面前越发有着不可抗拒的诱惑力，小到一块肥皂，大到厨房里叮叮当当的锅碗瓢盆声。

探索是与生俱来的，给予孩子自我选择的机会就是滋养。远行，看似分，实则是合，是零距离的爱。鲁迅小时曾无情地把弟弟的蝴蝶风筝的翅骨折断，他在《风筝》中这样描述：于是二十多年来，毫不忆及的幼小时候对于精神的虐杀的这一幕，忽地在眼前展开，而我的心也仿佛同时变成了铅块，很重很重地堕下去了。

很多时候，想去弥补，早已无能为力，也无济于事了。

在网络上看到许多孩子出生，父母一意孤行地用孩子的脚印盖章，代表默许着这份合同里的种种条约。

韩红六岁时父亲去世，九岁时母亲改嫁，和奶奶相依为命，为了支持韩红的音乐梦，奶奶把多年卖冰棍攒下来的钱塞给她，第一个MV《喜马拉雅》应运而生。

爱从不奢求回报，只努力灌注着，奶奶付出爱，只为了让她活出自己的精彩。

去年七月，闺密来电，轻描淡写地说：已向教育局递交辞呈了。我惊诧不已，你父母也同意了？电话那头闺密哈哈地笑出声，我小时候穿什么衣服都由自己决定，自主了二十几年，一件自己能决定的小事岂敢劳烦父母，自然是支持。

未知是人生常态，真可谓竹杖芒鞋轻胜马，谁怕？一蓑烟雨任平生。淡然。

龙应台说：所谓父女母子一场，只不过意味着，你和他的缘分就是今生今世不断地在目送他的背影渐行渐远。看着他渐行渐远的背影：不必追。

　　天高任鸟飞，海阔凭鱼跃。放手，是一种大爱。学会放手，我们的脚步才能放得开！你听，那潺潺流水，你看，那桃花绽放，去吧，拥抱烟火人间。

如你所是

  唐代诗仙李白曾高歌"天生我材必有用，千金散尽还复来"的豪迈与力量，让人胸膈横着一股奋斗的干劲。做自己，做自己想做的事，其实不易。

  我的一位朋友，性格颇为强势。她儿子今年十一岁，除了日常的学习，他兼修钢琴、吉他等多种乐器，曾去香港、上海等诸多地方比赛演出，钢琴十级不在话下。我佩服他有着过人的天赋和音乐方面极高的造诣。

  刚巧周末，朋友邀我一同去郊外踏青，我爽快地答应了。她鲜少邀请朋友外出散散心，哪怕是游逛城里的步行街也腾不出时间。如她所说，时间都留给孩子了，孩子便是她全部的希望。

  我们约在凤梅公园，我提前到达。这时朝我迎面走来两个人：她走在前面，紧跟在她身后的小男孩，双手插兜，低头走着，想必是她的儿子。

  她嘴角泛起微笑，似水中涟漪层层漾开来，笑容落在她儿子身上："这是我儿子。"她的手搭在她儿子肩上。她的手臂瞬间被他甩开，他低着头，弓着背，礼貌性地称呼了声阿姨好。

  我们沿着林荫步道漫步着，金黄的光影落在红色橡胶步道上，暖暖的。她儿子在我们身后不疾不徐地跟随着，不言不语。朋友转头拉了她儿子衣角，示意一同前行。他说："我能陪你出来已经很好了。"朋友的脸色顿时变了，只是因为我在旁边，才勉强地保持着笑容。

朋友的电话忽然响起，她歉意地看了我一眼，便接起电话朝一旁走去。我停下脚步，她儿子行到我身旁时，也停下了脚步，我好奇地说："经常听你妈妈提起你，你很优秀。"只见他嘴唇微微张开，欲言又止。他的头转向我，眼睫闪动的瞬间，风清俊朗，到底是春天的年纪啊。

他对着我笑，我随之回应他一个微笑。"我下辈子再也不要属马了，太累了，难得周末，也没有睡懒觉的机会。"他冷笑道，"优秀是什么？我不喜欢音乐。我只喜欢画画，但妈妈说画画没前途……"话音未落，朋友挂完电话，神情惶急，和我说声抱歉，婆婆说她小儿子想妈妈了，哭闹不止。

"我理解。"我淡淡地说。

朋友牵起儿子的手，匆匆离去，他们的身影在和煦的日光下渐行渐远。此时我注意到步道下方的池塘里，已有小荷露出尖尖角，逐渐绽放自己最舒适的姿态。当心情愉悦时，仰面向着天，看云舒云卷；倦了，便侧耳聆听池塘里此起彼伏的蛙声。成片成片的"呱呱"声，一声一声地落进心湖，荡起层层涟漪：世间万物，活出真实的自己，这是多美妙的事啊！

在父母眼中，允许孩子和自己想象的不一样，到底需要时间，需要火候啊。

2020年的贺岁片电影《囧妈》，儿子徐伊万因为寻找护照，而最终机缘巧合搭上了同她母亲卢小花前往俄罗斯的绿皮火车。印象最深的是母亲不停地往儿子嘴里塞小西红柿，后来他偷偷把小西红柿从车窗缝丢出去的画面，徐伊万神情如释重负。

但经历大熊的追赶，卢小花英勇地挺身而出：咬我吧，别咬我儿子。

在生死面前，生命的长度似乎瞬间被缩短，人的选择也是本能，内心都指向一个声音：活着。然而，危险当前，母爱战胜了本能。后来，母亲幡然醒悟："我不能把你变成我想象中的样子，你有你的生活，对不起。"当痛苦被看见了，也就释怀了。儿子哭了，母亲哭了，把对方的成长权利重新还给对方，这确是美好的结局。

如你所是，从亲子关系到待人接物，皆是如此。爱是无条件地接纳，是从你的心开始，生根发芽。我们先接纳自己，满足自己的需求，方能用爱的能量去滋养和哺育孩子。

古今圣贤都强调"自我"的重要性。让孩子独立地拥有自己，快乐地做自己，前提是母亲懂得用爱滋养自己，让自己柔软起来，才能与孩子进行情感的亲密连接。因为，孩子会全盘吸收来自父母的情绪感受。

我见过一位母亲，孩子患有感统失调症。上课时得父母全程陪同。这位母亲并没有因此而怨天尤人。她每天陪伴孩子，滑滑梯、荡秋千、在操场上疯跑。一次，这位母亲紧跟在孩子的身后，一不小心被小石子绊倒了，摔倒在地。孩子听到母亲摔倒的声音，转身大步跑来，慌乱地试图扶起母亲，许是年纪尚小，力气不大而失败，母亲低头看他，眼里闪着泪光，脸上却挂着欣慰的笑："谢谢。"

"谢谢。"孩子脱口而出。

也许你不知道谢谢的含义，但她一定明白，欣然接受他原有的一切，每天告诉他：我爱你。一位让自己"富"起来的妈妈，能量如涓涓流水般滋养着孩子绵软的心田。

如今这个孩子小学二年级了，感统失调的情况好转非常多。听朋友说起，这孩子期末以优异的成绩获得校奖学金。

他是我学校往届的一名学生。

敛回漫飞的思绪，视线落在窗外，那些嬉闹孩童的身旁，总伴着日渐消瘦的母亲，恍然回到我的蒙稚时光。

正如胡适给儿子的信中提及：你是自由的，我是爱你的，但我绝不会"以爱之名"，去掌控你的人生，我不是你的前传，你也不是我的续篇。

孩子经由你们，初来人间，不忧亦不惧，唯独越不过你们赠予的晶莹剔透的爱；唯独对欢喜的记忆始终清晰；花开花谢，叶荣叶枯，低眉浅笑，如你所是，心河皆安。

如今，又是一年春城无处不飞花的日子，明媚的春，舒放的花，如它所是，爱张扬的张扬、爱跋扈的跋扈、爱争艳的争艳去吧，尽显风姿，方能点缀春的万紫千红。